YOUNG AGENTS

ANDREAS SCHLÜTER

YOUNG AGENTS

Der erste Fall – Operation »Boss«

BAND 1

EDEL
KIDS BOOKS

Young Agents
Operation »Boss«
Band 1
ISBN 978-3-96129-121-2

Edel Kids Books
Ein Verlag der Edel Germany GmbH

Neumühlen 17, 22763 Hamburg
www.edel.com

2. Auflage 2019

Text: Andreas Schlüter
Projektkoordination: Nina Schnackenbeck
Lektorat: Nina Schnackenbeck
Coverillustration und Gestaltung: Max Meinzold
Umschlaggestaltung: Antje Warnecke | www.nordendesign.de
unter Verwendung von Illustration und Gestaltung von
© Max Meinzold
Layout und Satz: Uhl + Massopust, Aalen
Herstellung: Frank Jansen
Druck und Bindung: GGP Media GmbH, Pößneck

Printed in Germany

INHALT

Entwischt! 7
Ein neuer Auftrag 17
In der Höhle des Löwen 39
Erste Ermittlungen 54
Eine heiße Spur 63
Böse Überraschung 77
Jagd im Hafen 92
Schifffahrt nach Paris 107
Geheimnisvoller Stopp in der Nacht 119
Paris 141
Gefangen? 150
Unterirdische Flucht 165
Gefährlicher Unfall 178
Geheimnisvolle Entdeckung 195
In der Falle 221
Es geht um Minuten 231

ENTWISCHT!

Das darf nicht wahr sein! Ich bin so blöd! Hab nicht aufgepasst. Man kann es gar niemandem erzählen. Würde ohnehin keiner glauben. Und doch ist es wahr. Möglicherweise komme ich nicht einmal je in die Versuchung, es jemandem zu erzählen, weil ich die nächsten fünf Minuten nicht überlebe. Ein einziger Muckser oder Nieser genügt, und er hat mich. Totenstill und bewegungslos liege ich hier. Das sollte meine Lehrerin Frau Lornsen mal sehen, wie ruhig ich hier liege. Die würde staunen. »Unterlass bitte mal das ständige Zappeln!«, mahnt sie mich oft. Aber nur, weil Gonzo, der in der Schule hinter mir sitzt, mir mal wieder in den Rücken piekt. Hin und wieder fliege ich dann sogar aus dem Unterricht – statt Gonzo. Vom Geografieunterricht habe ich ein Drittel vor der Tür verbracht, schätze ich mal. Eigentlich wäre es egal. Denn alles, was ich über die Welt weiß, habe ich ohnehin nicht in der Schule gelernt. Also jedenfalls nicht in der *normalen* Schule, sondern bei einer Spezialausbildung in den Ferien, von der niemand etwas weiß. Bis auf meine Eltern, und selbst die kennen keine Details. Aber ich kann mir nicht so viel Unterrichtsausfall leisten, weil ich sowieso schon oft genug in der Schule fehle. Die Schule lässt sich eben nicht immer mit meinen Aufträgen vereinbaren.

Aufgepasst! Da ist er wieder, mein Verfolger. Ich bleibe absolut geräusch- und bewegungslos. Mein Rekord im Training liegt bei 32 Minuten.

Mein Verfolger sieht mich nicht. Und das wird er auch nicht, solange er nicht auf die Idee kommt, hinunterzuschauen, *unter* seine Füße. Wer schaut schon hinunter, wenn er jemanden sucht? Nach links schaut man, nach rechts, nach hinten oder vorn. Aber nie nach unten. Ist so eingebrannt in uns. Vermutlich seit ewigen Zeiten, weil schon bei den Urmenschen die Gefahr nie von unten drohte. Jedenfalls funktioniert es. Bei ihm auch. Hoffentlich. Er steht auf dem Gitterrost eines Lüftungsschachtes. In dem Lüftungsschacht darunter liege ich. Rücklings, das Rost dicht über meinem Gesicht, keine zehn Zentimeter bis zu meiner Nasenspitze. Sand rieselt aus den Rillen seiner Schuhsohlen durch den Rost direkt auf meine Augen, die ich schnell zukneife. Ich rege mich nicht, drehe den Kopf nicht zur Seite, schüttelte mich nicht, räuspere mich nicht. Nichts. Nur ein Zwinkern mit den Wimpern erlaube ich mir, um das eine oder andere Sandkorn abzuschütteln. Es gelingt nicht ganz. Eines der Sandkörner ist in meinem rechten Auge gelandet. Es brennt höllisch. Ich halte es aus, ohne mich zu bewegen. Lange wird er ja wohl nicht dort oben stehen. Er sucht mich, glaubt, mir dicht auf der Spur zu sein. Ist er ja auch. Dichter, als er ahnt. Aber er darf keine Zeit verlieren, muss sich entscheiden, in welche Richtung er mich weiterverfolgen will. Solange werde ich mich nicht rühren. Unter gar keinen Umständen. Ich halte es aus. Das Auge brennt, die Nase juckt, in meinem Rücken zwickt etwas. Mein Fuß kribbelt. Nicht daran denken. Ich halte das aus. Es kann nicht lange dauern. Rettung müsste unterwegs sein. Ich habe mich in der Zentrale gemeldet und mitgeteilt, wo sie meinen Verfolger finden können. Er ist einer der wichtigsten Größen der Organisierten Kriminalität, Chef eines international agierenden kriminellen Clans. Sie nennen ihn alle nur den »Boss«. Niemand – nicht einmal wir – kennt seinen richtigen Namen. Zehn verschiedene Namen hat die Zentrale registriert, unter denen er international bisher tätig war. Keiner davon stimmt natürlich. Aber wir wissen, *was* er alles getan hat. Nur: Wissen und beweisen sind zwei unterschiedliche Dinge. Sein mutmaßliches Strafregister ist unendlich. Seit zwei Jahren ist ihm der Geheimdienst auf den Fersen, aber ständig fehlt es an Beweisen, oder Zeugen verschwinden, oder der Boss taucht immer wieder in letzter Sekunde unter.

Deshalb wurde ich zu Beginn der Sommerferien kurzfristig auf ihn angesetzt. Ich hab mich dann als »Schülerreporter im Ferienprojekt« an eines seiner Unternehmen herangemacht: eine kleine Fabrik für Sportkleidung. Oder besser gesagt: Manufaktur. Alles Handarbeit. Tatsächlich produzieren sie hochwertige Sportschuhe. Trotzdem handelt es sich in Wahrheit wohl eher um eine Geldwaschanlage. Und ich hatte tatsächlich Erfolg, habe ihn aufgespürt; mich dabei leider aber erwischen lassen wie ein Amateur. Ich hatte gerade seinen Safe geöffnet, da betrat er sein Büro. Ich hab ihn einfach nicht kommen hören. Zu sehr war ich damit beschäftigt, seine geheimen Akten durchzusehen. Statt sie einfach einzustecken, abzuhauen und später zu lesen. Nein, ich fange an, dort vor dem geöffneten Safe erst mal alles in Ruhe durchzublättern. So etwas Dämliches.

In letzter Sekunde konnte ich dann noch durchs Fenster entwischen. Deshalb ist er nun hinter mir her. Aber er verfolgt ein Phantom. Denn er kennt mich nicht; nur als Schatten, dem er nun nachrennt. Er weiß nicht, wer ich bin, und vor allem nicht, dass ich erst zwölf Jahre alt bin.

Ja, ihr habt richtig gehört. Ihr wollt wissen, wieso ich im Alter von zwölf Jahren schon Geheimagent bin?

Oh, hatte ich das noch nicht erwähnt? Ja, ich bin *Geheimagent*.

So geheim, dass es mich praktisch gar nicht gibt. Denn niemand weiß von mir und den anderen. Außer einer äußerst kleinen, streng geheimen Unterabteilung des Geheimdienstes, die es offiziell *auch* gar nicht gibt. Dort gibt es einen Verantwortlichen für Agententätigkeiten, den alle nur den »Prof« nennen, wie »Professor«. Ein netter, schneidiger, freundlicher, aber strenger Herr, glattrasiert mit Kurzhaarschnitt, akkurat gescheitelt. Vielleicht so alt wie mein Vater, also vierzig. Dieser Prof also gewann eines Tages die Erkenntnis, dass Kinder als Agenten deutlich unauffälliger agieren könnten als Erwachsene; somit leichter irgendwo einzuschleusen wären und sich viel schneller Vertrauen erwerben könnten. Wer misstraut schon einem Kind?

Ehrlich: Wenn ich euch auf dem Schulhof begegne, wer von euch würde mir abnehmen, dass ich ein echter Geheimagent bin? Niemand. Eben! Und von den Erwachsenen erst recht keiner. Also hat der Prof recht: Kinderagenten können erheblich effektiver operieren als Erwachsene. Denn niemand würde je vermuten oder auch nur ansatzweise glauben, dass ein Staat wie Deutschland Kinder zu Agenten ausbildet. Jeder würde das abstreiten. Auch die Regierung. Aber es gibt uns trotzdem. Und niemand weiß von uns. Auch nicht, dass es uns Kinderagenten nicht nur in Deutschland gibt, sondern in vielen europäischen Staaten: Frankreich, England, Schweden, Italien … Eine kleine, geheime Elitetruppe. Zusammen gerade mal ein Dutzend Kinder, speziell und gründlich ausgebildet, jederzeit bereit für außerordentlich brisante Aufträge, um das Land zu schützen oder gar gleich ganz Europa oder die Welt zu retten.

Echt wahr.

Und genau deshalb liege ich jetzt hier im Lüftungsschacht und werde von einem der übelsten und gefährlichsten Verbrecher Europas verfolgt. Ich muss ausharren. Nur einen Moment noch. Um mich nicht zu bewegen, muss ich mich irgendwie ablenken, an etwas anderes denken. Zum Beispiel, euch etwas über mich erzählen. In Gedanken nur. Denn schreiben oder diktieren kann ich nicht hier im Lüftungsschacht.

Also weiter: Im wahren Leben heiße ich Billy Schneider. Ich bin so unscheinbar wie mein Name. Kurze, braune Haare, schlank, keine besonderen Merkmale. In Wahrheit durchtrainiert und athletisch, was ich aber meist zu verbergen versuche. Im Alltag trage ich gewöhnliche Kaufhausklamotten. Massentauglich eben, wie mein Name. Billy, ja, so wie das Ikea-Regal, weil meinen Eltern kein besserer Name eingefallen war. Ne, ist klar. Sie hatten ja auch nur neun Monate Zeit, sich einen Namen für mich auszudenken. Na ja, gut, wenn wir schon dabei sind: Genau deshalb konnte ich letztlich auch nur Agent werden. Meine Eltern sind – ich muss es leider so sagen – nicht die Hellsten. Ist ja nicht schlimm. Dafür sind sie echt nett und lieben mich. Aber sie sind eben nicht besonders klug oder gebildet. Auch nicht ausgesprochen fleißig, ehrlich gesagt. Aber nett und herzlich eben. Und dadurch, dass sie immer nur Hilfsjobs haben und immer wieder arbeitslos werden, sind sie leider auch hochverschuldet. Gewesen. Genau deshalb haben sie das Angebot vom Geheimdienst angenommen. Seit ich Agent bin, wird meinen Eltern alles von dem bezahlt: Miete, Heizung, Kleidung, Lebensmittel, Urlaubsreisen, einfach alles. Wie im Schlaraffenland.

Deshalb habe ich den »Job« auch sofort angenommen.

Okay, vor allem auch, weil es mir riesigen Spaß macht. Ich liebe es gefährlich und wollte schon immer ein Superheld sein! Meine Eltern haben schließlich nach einigen Wochen Bedenkzeit auch zugestimmt. Anders wäre es nicht gegangen. Aber eigentlich wissen sie doch nichts so richtig, wie schon erwähnt. Nur, *dass* ich Agent bin, aber nicht, *was* ich eigentlich genau mache.

Billy Schneider also mein Name. Agentenname Liam. Codenummer 01-17-23. Unterstellt der Abteilung YAG – YOUNG AGENTS GERMANY – in Berlin, stationiert dort, wo ich wohne: in Hamburg. YOUNG AGENT des europäischen Projekts »Milestone«.

Mein Auge brennt noch immer, so wie meine Nase auch noch juckt und in meinem Rücken etwas zwickt und mein Fuß kribbelt. Einbildung. Ich weiß das. Alles Einbildung. Trotzdem brennt, juckt, zwickt und kribbelt es immer noch. Nicht daran denken. Ich halte es aus. Es kann nicht mehr lange dauern. Fünf Minuten steht er schon da oben, schätze ich. Direkt über mir.

Plötzlich funkt mir Glut ins Gesicht. Ich muss aufpassen, nicht laut aufzuschreien. Er hat einen Zigarettenstummel auf den Rost geworfen. Zum Glück verzichtet er darauf, die Kippe auszutreten. Beim Austreten schaut man hinunter. Hätte er hinuntergeschaut, hätte er mich gesehen. Er aber hat die Kippe nur achtlos auf den Rost geworfen und geht.

Und geht!

Einerseits gut, dann komme ich endlich hier raus.

Andererseits: Wo bleiben die Leute von der Zentrale? Zumindest einen Streifenwagen hätten sie schicken müssen. Besser aber gleich das Sondereinsatzkommando (SEK). Der Boss darf nicht entkommen! Sonst war alle Mühe vergebens. Meine ganzen Schulferien habe ich darangesetzt, ihn aufzuspüren, und serviere ihn jetzt auf dem Silbertablett, wie man so sagt. Okay, das silberne Tablett ist in Wahrheit ein Aluminiumgitterrost, unter dem ich liege. Aber bitte, was wollen die mehr? Nur: Wo bleiben sie, verdammt?

Trotzdem: Ich warte noch. Bin nicht so blöd, sofort aus meinem Versteck hervorzukriechen und ihm in die Arme zu laufen. Ich hätte zwar immer noch eine Chance zu fliehen. Aber dann könnte er mich erkennen, sehen, dass ich ein Kind bin. Damit würde ich nicht nur mich, sondern die gesamte geheime, internationale Abteilung von Kinderagenten gefährden. Denn unsere Stärke liegt darin, dass niemand von uns weiß.

Also bleibe ich noch liegen. Unentdeckt.

Plötzlich Schritte. Kommt der Boss zurück?

Ich halte den Atem an. Sehe wieder Schuhsohlen über mir. Aber dieses Mal andere. Ich erkenne das sofort am Profil. Nun sehe ich auch den ganzen Mann, der in den Schuhen steckt. Es ist der Prof!

Ist er allein? Jedenfalls unterhält er sich mit niemandem. Gerade will er wohl wieder gehen. Seine Füße setzen sich in Bewegung.

»Halt!«, rufe ich. »Hier bin ich!«

Die Füße halten still. Drehen sich. Der Prof sucht nach mir.

»Hier unten! Unter dem Rost!«

Der Prof sieht auf mich herab, geht einen Schritt zurück, vom Rost herunter, blickt sich vorsichtig zu allen Seiten um und hilft mir dann aus meinem Versteck heraus.

Ich erhebe mich wie ein Zombie aus dem Grab, schaue mich um.

»Wo ist er?«, frage ich.

»Wer?«, fragt der Prof.

»Na, der Boss!«, antworte ich. »Darum ging es doch. Sie sollten den doch festnehmen!«

»Hier war niemand, als ich kam«, sagt der Prof.

Etwas weiter entfernt sehe ich einen Mannschaftswagen des SEK. Um ihn herum stehen einige Beamte in voller Kampfmontur. Sie scheinen auf einen Einsatzbefehl zu warten. Aber sonst ist niemand zu sehen. Neben mir nur der einsame kleine Dorffrisörladen, der heute geschlossen hat und unter dessen Gitterrost vor dem Eingang ich mich versteckt hatte.

»Dort entlang«, sagt der Prof. Er breitet seinen Trenchcoat aus, damit ich vor den Blicken der SEK-Beamten geschützt bin. Auch sie sollen uns Kinderagenten nicht sehen.

»Das kann doch nicht sein!«, sage ich entsetzt. »Eben war er doch noch hier! Vor nicht einmal zwei Minuten. Der kann doch nicht spurlos verschwunden sein. Sie müssen ihn doch gesehen haben!«

Der Prof schüttelt bedauernd den Kopf. Dann sieht er sich besorgt um.

Ich weiß, was er denkt: Hoffentlich beobachtet uns der Boss nicht aus irgendeinem Versteck heraus. Er darf mich auf keinen Fall entdecken.

»Da vorn in den Wagen«, fordert der Prof mich auf.

Im Film fahren die Geheimdienstchefs ja immer fette, dunkle Limousinen. Irgend so ein teures Teil. Aber das wäre viel zu auffällig. Auffälliger als Schlapphut und Sonnenbrille, mit denen man sich Agenten immer so vorstellt.

Nein, der Prof ist mit einem einfachen alten Kombi gekommen. Es soll von außen aussehen, als hätte ein Vater seinen Sohn unterwegs eingesammelt. Wahrscheinlich *sieht* es wirklich so aus.

Ich steige ein. Innen allerdings hat der Wagen mit einem einfachen Familienauto fast nichts mehr gemein. Ich setze mich auf den Rücksitz, ziehe eine in der Rückenlehne des Beifahrersitzes verborgene Klappe herunter, auf der sich eine Tastatur befindet, und schaue auf einen Computerbildschirm, auf dem sich sofort ein virtueller Assistent meldet. Ich bin bereit, meinen Bericht zu diktieren, während der Prof sich ans Steuer setzt und mich als mein vermeintlicher Vater nach Hause kutschiert.

Der Kernsatz meines Berichts ist bitter und ernüchternd. Er lautet: »Wir haben den Boss wieder nicht erwischt.«

EIN NEUER AUFTRAG

Ich bin todmüde. Es war nicht nur äußerst anstrengend, gestern dem Boss gerade noch so entkommen zu sein, sondern insgesamt liegen sechs knallharte Wochen hinter mir. Heute ist der erste Schultag nach den Sommerferien, die die meisten sichtbar genossen haben. Ausgeruht, lärmend und voller Tatendrang sind sie heute alle in die Schule geströmt. Ich hab mich hierhergeschlichen, mich an meinen Platz gesetzt und gleich den Kopf auf die Tischplatte gelegt. Ich bin fix und fertig.

»Billy?«

Irgendwo aus der Ferne hab ich meinen Namen gehört. Hat da gerade jemand gerufen?

»Billy!«

Ich schrecke hoch. Oh, verdammt, ich bin wohl eingeschlafen! Meine Mitschüler grinsen mich an.

Frau Lornsen kommt einen Schritt auf mich zu. »Was habe ich gerade gesagt?«

Offenbar hat der Unterricht schon begonnen. Ich habe

nicht mal bemerkt, dass Frau Lornsen den Raum betreten hat. Mein Blick huscht an ihr vorbei zum Whiteboard. Darauf ist eine Landkarte projiziert. Ohne Beschriftung. Aber die Form der Karte ist unverkennbar: Kontinent Afrika. Ein Land darauf ist farblich markiert: Nigeria. Also antworte ich mal auf gut Glück, indem ich die wichtigsten Daten des Landes herunterrattere: »Nigeria, amtlich Federal Republic of Nigeria, ist ein Bundesstaat in Westafrika, der an den Atlantik und die Länder Benin, Niger, Tschad und Kamerun grenzt. Es ist mit über 190 Millionen Einwohnern mit Abstand das bevölkerungsreichste Land Afrikas und weltweit das Land mit der siebtgrößten Bevölkerungsanzahl. Nigerias Hauptstadt ist Abuja, seine bei Weitem größte Stadt ist Lagos mit rund zehn Millionen Einwohnern.«

Frau Lornsen zieht ihre blassblonden Augenbrauen zu einem kritischen Blick zusammen.

»Glück gehabt«, sagt sie drohend. »Alles richtig.«

Sie dreht ab und widmet sich wieder dem Whiteboard, dem sie nun Beschriftungen auf der Karte hinzufügt.

»Nicht schlecht!«, kommentiert Gonzo hinter mir. Gonzo heißt natürlich nicht wirklich so, sondern in Wahrheit Walter. Aber mit seiner überlangen Nase und seinem wirren Haarschnitt hat er ziemliche Ähnlichkeit mit dieser Figur von den Muppets, sodass ihn irgendwann mal jemand so getauft hat. Gonzo ist der Arsch der Klasse. Zeigt irgendein Schüler mal eine Schwäche, ist Gonzo grundsätzlich als Erster zur Stelle, der das ausnutzt, mobbt, ärgert und sich auf Kosten des Schwachen vergnügt. Leider machen dann meist viele mit. Und leider bin *ich* es oft, den Gonzo sich zum Opfer auserkoren hat. Und so wiederholt Gonzo die Drohung der Lehrerin, indem er mir zuzischt: »Glück gehabt.«

Es wäre natürlich ein Kinderspiel für mich, Gonzo in einer Pause abzugreifen, ihm eine Tracht Prügel zu verpassen, die er nie wieder vergisst, und somit seinem Mobbing und seinen Sticheleien ein für allemal ein Ende zu setzen. Aber genau das darf ich nicht. Keiner darf von uns Kinderagenten erfahren. Und deshalb darf niemand auch nur ansatzweise meine besonderen Fähigkeiten erkennen, die ich mir in einem drei Jahre dauernden Spezialtraining angeeignet habe. In diesem Punkt also habe ich meinen Traum erfüllt, eine Art Superheld zu sein. Aber leider nur die negative Seite des Superhelden: den Clark Kent des Superman, den Peter Parker des Spiderman. Leider nicht den Bruce Wayne des Batman, denn der ist im Alltagsleben ja wenigstens ein reicher und smarter Geschäftsmann. Nein, ich spiele im Alltag den »Loser«, »die Flasche«, wie Gonzo es ausdrückt, weshalb er auch mit Vorliebe mich als sein Opfer auswählt.

Okay, besser mich, als wenn er sich andere, wirklich Schwächere ausgucken würde. Lieber mich, der sich nicht wehren *darf*, als einen, der sich nicht wehren *kann*. Trotzdem: Es nervt, und öfter als mir lieb ist, juckt es mir in den Fingern, Gonzo mal einen richtigen Denkzettel zu verpassen.

Im Moment habe ich ja angeblich »Glück gehabt«, sodass er mich zufriedenlässt.

Aber natürlich war das alles andere als Glück. Ich weiß über die Welt Bescheid. Ich hätte fast mal einen Einsatz gehabt gegen eine kriminelle Organisation in Europa, die in Verbindung stand mit dem Menschenhandel in Nigeria. Aber das hat dann doch Naomi übernehmen müssen. Sie hatte es mit ihrer dunklen Hautfarbe leichter, sich in den Clan einzuschleusen. Naomi ist natürlich auch nur ein Agentenname, so wie ich »Liam« genannt werde. Liam bedeutet übrigens soviel wie »entschlossener Beschützer« und kommt vom irischen Namen William, oder, wenn man so will, vom deutschen »Wilhelm«. Man könnte mich also ebenso gut Willi nennen.

Naomi kenne ich von der Agentenschule. Sie ist der YOUNG AGENT in Paris. Und ich muss gestehen: Mit ihr wäre ich sehr gern mal gemeinsam im Einsatz. So aber habe ich sie seit der Agentenschule nicht mehr gesehen. Über Smartphone-App oder Internet darf ich mit ihr auch nicht in Verbindung bleiben, wenn wir keinen Einsatz haben. Blöd. Ich würde sie wirklich gern mal wiedertreffen. Naja, jedenfalls hat sie wohl ihren Einsatz »Menschenhandel/Nigeria« erfolgreich beendet, soweit ich es mitbekommen habe.

»Hey, Bratzbirne!« Gonzo schlägt mir mit der flachen Hand auf den Hinterkopf.

Ich war schon wieder so sehr in meine Halbschlafgedanken verfallen, dass ich das Ende des Unterrichts gar nicht mitbekommen habe. Alle rennen raus in die Pause. Nur ich sitze noch auf meinem Platz und habe schon wieder Gonzo am Hals.

»Schläfst du, Bratzbirne?«, geifert er mich an. »Ist Pause! Raus hier!«

Er zieht mich am Kragen hoch. In Bruchteilen von Sekunden erkenne ich seine schwachen Stellen. Ein kurzer Schlag an seine ungedeckte Halsschlagader, und Gonzo würde umkippen wie eine getroffene Schießbudenfigur auf dem Jahrmarkt. Aber ich darf nicht. Also beuge ich mich seinem Befehl, stehe langsam auf und tue so, als würde er mich tatsächlich am Kragen hochziehen.

»Du bist doch auch noch hier drinnen, Gonzo!«, erwidere ich.

Gonzos breites Gesicht läuft sofort rot an. Er hasst es nämlich, Gonzo genannt zu werden.

»Wie hast du mich genannt?«, faucht er, holt aus und will mir eine schallende Ohrfeige verpassen. Das lasse ich dann doch nicht zu. Mit einer schnellen Bewegung ziehe ich meinen Kopf zurück, Gonzo schlägt ins Leere, verliert durch seinen eigenen Schwung das Gleichgewicht. Ich brauche nur einen Schritt beiseitezutreten, und Gonzo fällt über meine Stuhllehne, will sich daran noch festhalten, doch der Stuhl rutscht weg. Gut, ich gebe zu, ich habe dem Stuhl einen leichten Tritt versetzt. Gonzo schlittert jedenfalls mit dem Stuhl einen Meter weit, bis er völlig den Halt verliert und bäuchlings auf dem Boden landet.

»Hoppla!«, sage ich, steige über ihn hinweg und gehe zur Tür.

Während Gonzo sich wutschnaubend aufrappelt, drehe ich mich kurz um und rufe ihm zu: »Ist Pause! Raus hier!«

Gonzo schnaubt wie ein Stier, senkt wie ein solcher den Kopf und stampft auf mich zu. Ich hüpfe hinaus, knalle die Tür hinter mir zu und höre nur dumpf von außen, wie Gonzo innen dagegen donnert.

Zufrieden gehe ich Richtung Schulhof.

Als Gonzo aus dem Klassenraum gerast kommt, bin ich bereits in der Schülermenge verschwunden. Ich hole mir einen Kakao, setze mich auf die Bank auf dem Schulhof und blinzle in die Sonne. Ein herrlicher Sommertag. Viel zu schade, um an einem solchen Tag seinen Schlaf nachzuholen.

Ich höre, wie sich neben mir einige Mädchen aus meiner Klasse mit einigen Jungs für den Nachmittag im Schwimmbad verabreden.

»Hey, ich würde gern mitkommen!«, rufe ich ihnen zu.

Nelly, eines der nettesten Mädchen aus meiner Klasse, schaut zu mir rüber und runzelt die Stirn. »Du?«, fragt sie. »Ich hab dich in den ganzen Ferien nicht im Schwimmbad gesehen.«

»Ich war verreist«, antworte ich zu meiner Entschuldigung, die ja nicht einmal gelogen ist.

»Verreist?« Torben, einer der Jungs, die bei Nelly und ihren Freundinnen herumlungern, lacht. »Wo denn? In

Grönland? Seht mal, wie blass der ist. Du hast doch die ganzen sechs Wochen keine Sonne gesehen!«

»In Grönland kann man auch einen Sonnenbrand kriegen!«, teile ich ihm mit, worauf Nelly mich noch verwunderter anschaut.

»Wie jetzt? Du warst echt in Grönland?«

Für einen Moment überlege ich, ob ich nicht einfach Ja sagen soll, denn das wäre doch eine feine Ausrede dafür, dass mich sechs Wochen lang niemand im Stadtteil gesehen hat.

Stattdessen grinse ich Nelly nur an und sage: »Beinahe hätte ich dir einen Schlittenhund mitgebracht.«

Nelly lächelt süß und sagt: »Du Spinner! Also, heute Nachmittag um vier am Eingang.«

Zack, ich habe eine Einladung zum Schwimmbad. Super!

Auch wenn Torben nörgelt. »Der Langweiler?«

Nelly schaut ihn mahnend an, und Torben gibt nach: »Von mir aus.«

Einige Stunden später suche ich zu Hause meine Badehose. Und kann sie ums Verrecken nicht finden. Die muss doch da sein! Ich zerre die oberste Schublade aus meiner Kommode, in der alle meine Unterhosen und Socken deponiert sind, und kippe sie auf dem Boden aus. Okay, ich stelle fest, in der Schublade befindet sich erheblich mehr als nur Socken und Slips. Auch eine Fliege, die ich Weihnachten hätte tragen sollen, aber nicht finden konnte; zwei alte, lang vermisste Mathehefte, drei

Comics, ein abgenutztes und leider leeres Portemonnaie, ein Taschenmesser, das ich schon seit einiger Zeit suche und nun in meine Hosentasche stecke. Das ist auch so eine Sache. Als Geheimagent verdiene ich richtig viel Geld. Aber was hab ich davon? Nichts! Weil ich erst zwölf Jahre alt bin, und auch, weil es nicht auffallen soll, wird all mein Geld auf einem Sperrkonto des Geheimdienstes gebunkert, auf das ich frühestens mit Beginn meiner Volljährigkeit Zugang habe. Na toll!

Es blinkt. Das Trikot meines angeblichen Lieblingsfußballers Ronaldo auf dem eingerahmten und sogar signierten Poster ändert seine Farbe von Weiß (es ist ein altes Foto aus Madrid) in Rot (das Nationaltrikot von Portugal). Ich weiß, was das bedeutet: Der Prof ruft.

Oh nein. Ich hatte nicht einmal einen einzigen Nachmittag zum Verschnaufen. Vor weniger als 24 Stunden lag ich noch in dem Lüftungsschacht, bin gestern vor lauter Aufregung erst sehr spät in der Nacht eingeschlafen, dafür heute im Unterricht umso öfter und schneller, und jetzt, da ich nach sechs Wochen Ferien, die für mich keine waren, das erste Mal mit den anderen ins Schwimmbad gehen will, ruft mich der Prof! Scheiße.

Ich überlege, ob ich es einfach ignorieren soll. Haha. Geht natürlich nicht. Ich weiß, dass die Zentrale mich durch Ronaldos Augen hindurch sehen kann. Deshalb ist das Poster eingerahmt. Der Rahmen ist nichts anderes als ein vollständiger, getarnter Geheimcomputer mit Überwachungskamera.

»Ja«, murmle ich. »Bin schon unterwegs.«

Im selben Augenblick öffnet sich meine Zimmertür und mein Vater schaut herein.

»Hast du gerufen?«

»Nein, alles in Ordnung, Paps!«

Mein Vater schaut auf die Unterhosen und Socken auf dem Boden. »Räumst du auf?«

»Äh, nein. Ich will ins Schwimmbad und suche meine Badehose.«

»Auf dem Balkon, auf der Leine«, informiert mich mein Vater.

»Wieso das denn?«, frage ich. Ich hab die sechs Wochen lang nicht benutzt.

»Mama hat dir eine neue gekauft. Du weißt ja, neue Sachen wäscht sie immer erst einmal durch«, erläutert mein Vater.

»Und wo ist meine alte?«, frage ich nach.

Mein Vater zuckt mit den Schultern. »Wohl entsorgt. Mama meinte, die wäre dir inzwischen zu klein.«

Oh Mann! Nichts gegen liebevolle Fürsorge, aber manchmal ... Meine alte Badehose war nämlich tipptopp.

Als ich meine neue Badehose von der Wäscheleine auf dem Balkon holen will, glaube ich, mich trifft der Schlag.

»Die ist rosa! Mit ’ner ›Hello Kitty‹-Fratze drauf!«, kreische ich entsetzt.

Plötzlich steht meine Mutter an der Balkontür. »Gefällt sie dir nicht? Die war teuer, weil, ist ja ein Markenartikel, und ...«

»Mama! Das ist ’ne Mädchenhose!«, stelle ich klar.

Meine Mama winkt ab. »Ach, heutzutage unterscheidet man doch gar nicht mehr zwischen Jungs und Mädchen. Das ist doch ganz unmodern.«

»MAMA!« Fast werde ich hysterisch. »*Ich* unterscheide da sehr wohl! Und außerdem: Die Mädchen, die *ich* kenne, fänden die Hose *auch* schrecklich!«

»Du findest sie *schrecklich*?« Der beleidigte Ton meiner Mutter ist nicht zu überhören. »Dann tausche ich sie um.«

»Gib mir einfach meine alte zurück«, bitte ich und drücke meiner Mutter entschuldigend ein Küsschen auf die Wange.

»Die hab ich deinem Cousin geschenkt«, beichtet meine Mutter.

Himmel! Aber ich hab keine Zeit mehr. Dann muss ich mir eben in der Zentrale eine besorgen. Da bekomme ich natürlich nur eine Spezial-Badehose mit etlichen Geheimfunktionen, aber was soll’s …

»Okay. Ich besorg’ mir selbst eine. Ciao, Mama. Und nicht böse sein.« Ich drücke ihr ein weiteres Küsschen auf die Wange und düse aus der Wohnung.

Meine Eltern erfahren nichts von den Einsätzen, zumindest nichts Genaues. Am besten ist, wenn sie gar nichts wissen.

Als ich schon fast die erste Etage hinter mir habe, ruft mir mein Vater hinterher.

»Was gibt’s?«, frage ich die Treppe hinauf.

»Handtuch!«, ruft mein Vater und wirft mir ein Badetuch hinunter.

»Danke!«, rufe ich und renne die restlichen sieben Stockwerke hinunter.

Fahrstühle sind im Einsatz zu vermeiden!, hieß es in einer Lektion unserer Ausbildung. Es wäre einfach zu blöd, wenn man zu einem wichtigen Einsatz zu spät käme, weil man in einem Fahrstuhl stecken geblieben ist.

Also tipple ich alle acht Stockwerke zu Fuß die Treppen hinunter. Ist ja auch gleichzeitig ein gutes Training. Ehrlich gesagt finde ich, wenn der Geheimdienst meinen Eltern schon alles bezahlt, dann hätten sie uns auch ein kleines Häuschen mit Garten zur Verfügung stellen können. Schließlich riskiere ich ja auch einiges bei meiner Agententätigkeit, und meine Eltern hätten es sowieso verdient. Aber der Geheimdienst meint, eine Wohnung im achten Stock eines zwölfstöckigen Hochhauses mitten in einem sozialen Brennpunkt wäre unauffälliger. Wenn die wüssten! Hier im Stadtteil ist manches viel komplizierter, als es in einer ruhigen, beschaulichen Einzelhaussiedlung gewesen wäre.

Unten angekommen, trete ich aus der Haustür und gehe nur wenige Schritte, als sich plötzlich vor mir eines dieser Probleme des Stadtteils aufbaut, eine muskulöse Wand in Lederjacke: Murat. Och nö, ich hab's doch gesagt! So jemand wie Murat begegnet einem in der Einzelhaussiedlung bestimmt nicht. Murat ist noch schlimmer als Gonzo, außerdem drei Jahre älter, also fünfzehn, und ein totaler Spinner. Murat prahlt gern damit, dass er Türke sei. Vermutlich hält er das in seiner Gang, mit der er normalerweise hier herumlungert, für wichtig. Das Lustige daran ist, dass Murat selbst in Wahrheit gar kein Türke ist, sondern Deutscher. Hier geboren, seine Eltern haben seit fast zwanzig Jahren deutsche Pässe, Murat spricht kaum ein Wort Türkisch und war auch noch nie in der Türkei. Im Gegensatz zu mir übrigens: Sowohl in Istanbul als auch in Ankara hatte ich schon kurze Trainingseinsätze. Und war sogar auch schon mal mit meinen Eltern am Iztuzu-Strand in Dalyan. Da war ich aber noch kleiner und noch kein YOUNG AGENT.

Im nächsten Abschnitt der Agentenakademie im Winter muss ich übrigens Türkisch und Arabisch lernen. Da wird Murat staunen, wenn ich ihm was auf Türkisch erzähle! Bisher kann ich einigermaßen gut Englisch, Spanisch und Französisch.

Murat ist auch der einzige Durchgeknallte in seiner Familie. Seine Eltern sind total in Ordnung, seine vier Geschwister auch: zwei Brüder und zwei Schwestern. Zwei sind älter, zwei jünger. Und alle deutlich klüger als Murat.

»Ey, Digger. Wohin?«, fragt Murat.

»Ich? Ins Einkaufszentrum. Da gibt's ab vier Uhr eine Stunde lang Gratis-Eis. Wegen der Hitze. Wusstest du das nicht?«

»Echt, Digger?«, fragt Murat erstaunt.

Ich deute zwei Schritte Richtung Einkaufszentrum an.

Wie ich mir gedacht habe, stellt sich Murat mir in den Weg.

»Du nicht!«, befiehlt er.

»Wieso nicht?«

»Weil ich es sage!«, sagt Murat entschlossen. »Los, du gehst da lang!«

Er zeigt in die entgegengesetzte Richtung.

»Och, Mist«, täusche ich vor, drehe mich um und gehe in die Richtung, in die ich ohnehin gehen wollte, während Murat sich auf den Weg ins Einkaufszentrum macht. Ich würde gern sein Gesicht sehen, wenn er dort merkt, dass ich ihn mal wieder reingelegt habe. Das klappt immer mit Murat. Wie jedes Mal wird er dann wütend auf mich sein. Und auch wie immer wird er es vergessen haben, wenn er mich das nächste Mal trifft.

Ich schließe mein Rad auf und will gerade losfahren, da kommt Zehra vorbei, die Jüngere von Murats Schwestern.

»Hallo Billy!«, grüßt sie mich wie immer freundlich. »Hast du zufällig Murat gesehen?«

»Ja«, antworte ich. »Der wollte ins Einkaufszentrum, Eis essen. Dabei hat die Eisdiele heute geschlossen.«

»Oh Mann!«, stöhnt Zehra. »Der ist manchmal so dämlich. Der sollte doch hier auf mich warten. Wir müssen zu meiner Mutter in die Klinik!«

Ich sehe sie erschrocken an.

Zehra winkt ab. »Nichts Dramatisches. Blinddarm. Und jetzt wollen wir sie besuchen. Aber Murat hat das schon wieder vergessen, der Blödmann!«

»Tja«, sage ich und zucke mit den Schultern. »Grüß ihn schön von mir.«

Zehra zieht kopfschüttelnd weiter.

Es ist kurz vor sechzehn Uhr, und ich muss an Nelly und das Schwimmbad denken. Mist! Was wird die von mir halten, wenn ich dort nicht auftauche? Wird mich dort überhaupt jemand vermissen? Für einen Moment überlege ich, per WhatsApp wenigstens abzusagen. Aber dann halte ich es für besser, morgen einfach zu behaupten, ich hätte es vergessen.

Der Nachteil als YOUNG AGENT ist, dass ich noch kein Auto fahren darf. Nicht, dass ich es nicht könnte. Im Gegenteil: Im Fahrtraining an der Agentenakademie war ich einer der Besten. Und in der Nähe von Istanbul musste ich mal mit einem Jeep in vollem Tempo durch einen Wald rasen. Das hat Spaß gemacht. Aber im Alltag in der Stadt ist mir das Autofahren natürlich verboten. Also schwinge ich mich auf mein Rad. Wenigstens ist es ein E-Bike, eine Spezialanfertigung für mich als Agent: Dem Motor sieht man nicht an, dass das Rad es auf eine Geschwindigkeit von 55 Stundenkilometer bringt. Das Rad dürfte ich ohne Führerschein und in meinem Alter noch gar nicht fahren. Aber ein paar kleine Vorteile darf man ja wohl haben als Agent. Es hat auch lange genug gedauert, bis ich meine Vorgesetzten davon überzeugt hatte, das Rad im Alltag nutzen zu dürfen. Ich lege meinen Daumen auf die Batterie. Ohne die Freigabe meines Fingerabdrucks könnte man das Rad gar nicht bewegen.

Dann düse ich los.

Zehn Minuten später bin ich am Ziel: eine kleine Tankstelle am Rande unseres Stadtteils. Ich schließe mein Rad an, gehe ins Kassenhäuschen, lasse mir einen besonderen Schlüssel für die Toilette geben, den sonst niemand bekommt, gehe im Toilettenhäuschen in die zweite Kabine mit der Aufschrift »privat«, schließe hinter mir ab und drücke auf den Spülknopf. Der Boden unter mir entpuppt sich als Fahrstuhl und senkt sich mitsamt Kloschüssel ab. Unten verlasse ich die Kabine, gehe durch einen zehn Meter langen Gang, an dessen Ende sich eine feuerfeste Stahltür von selbst öffnet, und stehe in einem mit alten englischen Möbeln gemütlich eingerichteten und mit dickem Teppich ausgelegten Büroraum, in dessen Mitte der Prof hinter einem gewaltigen Schreibtisch sitzt, bei dem ich mich jedes Mal frage, wie sie den hier herunterbekommen haben.

»Hallo, Liam«, begrüßt der Prof mich freundlich. »Ausgeschlafen? Erholt?«

»Beides nein«, antworte ich.

»Fein!«, sagt der Prof, als hätte ich mit »Ja« geantwortet.

»Ich wollte eigentlich schwimmen gehen«, sage ich.

»Oh.« Der Prof lächelt mich an. »Wenn du Glück hast, kannst du das sogar bald.«

Er schiebt mir ein paar Fotos über seinen Schreibtisch zu. Darauf ist eine prächtige Villa zu sehen. Mit einem Pool!

»Wow!«, rufe ich. »Bekommen meine Eltern ein neues Haus?«

Eine Sekunde lang sieht der Prof mich an, als ob ich nicht ganz bei Sinnen wäre.

»Das ist die Villa von Thorsten Maffei«, sagt er dann schließlich.

»Dem Sänger?«, frage ich.

Wieder dieser zweifelnde Blick. »Ich glaube, du bist wirklich noch ein bisschen übermüdet«, tadelt mich der Prof. »Der Sänger heißt Peter, sein Nachname schreibt sich mit Ypsilon, und er hat nicht das Geringste mit diesem Thorsten zu tun. Wir sind uns recht sicher, dass Thorsten Maffei einer der größten Mafiabosse unseres Landes ist und möglicherweise einen regen internationalen Handel mit gefährlichen Terroristen betreibt. Von denen kauft er Drogen für den Weiterverkauf. Und vielleicht handelt er sogar mit Waffen, möglicherweise im Tauschgeschäft. Das Ganze läuft sehr wahrscheinlich über einen mächtigen Mittelsmann, der die Kontakte zwischen den internationalen Terroristen und der Organisierten Kriminalität hierzulande herstellt.«

Ich nicke. Wenn der Prof mir diese Geschichte erzählt, statt einfach hinzugehen und diesen Mafioso zu verhaften, dann heißt das, dass sie auch hier nicht den geringsten Beweis in der Hand haben.

»Lassen Sie mich raten«, sage ich. »Der Mittelsmann ist unser lieber Bekannter, ...«

»... wahrscheinlich *der* Boss, der uns gestern durch

die Lappen gegangen ist. Genau! Niemand anderes hat sonst so gute internationale Kontakte«, bestätigt der Prof. »Hätten wir ihn erwischt, hätten wir ihn vernehmen können und deine Mission wäre möglicherweise gar nicht nötig.«

»Und ich hätte heute schwimmen gehen können. Ich verstehe.«

»Ganz genau!«, sagt der Prof.

»Aber …«, wende ich ein, »Terrorismus ist nicht gerade das Geschäftsfeld, in dem sich zahlreiche Kinder tummeln. Wie soll ich mich da einschleusen? Warum holen Sie keinen erwachsenen Agenten?«

Der Prof wirft mir nun einen milden Blick zu.

»Glücklicherweise hat Thorsten Maffei eine Tochter, die ihm alles bedeutet«, erklärt er und schiebt einige weitere Fotos über den Tisch, auf denen ein Mädchen abgebildet ist: »Shiona. 14 Jahre alt. Sie liebt Musik, hat eine gute Stimme und will mit einer Freundin, die Bass spielt, eine Band gründen. Über eine Instagram-Annonce sucht sie dafür noch einen Gitarristen und einen Schlagzeuger.«

Als Agent muss man auf die schwierigsten und seltsamsten Aufträge vorbereitet sein. Deshalb habe ich an der internationalen Agentenakademie auch eine umfassende Ausbildung genossen: Sprachen, Allgemeinbildung, Geografie, Erste Hilfe, Kampfsport, Waffenkunde, Schießen mit Pistole, Gewehr und Pfeil und Bogen, Sich-Tarnen, Tauchen, Codes Entschlüsseln, Türenöffnen,

Klettern, Skifahren, Auto- und Motorradfahrtraining, sogar ein Sportflugzeug könnte ich fliegen.

Aber Musik????

Ich spiele kein einziges Instrument, höre zwar wie alle in meinem Alter ganz gern die neuesten Songs, aber ich halte mich dennoch für völlig unmusikalisch! Ich kann weder tanzen noch singen, geschweige denn – wie gesagt – irgendein Instrument spielen. Und jetzt soll ich mich als Gitarrist für eine Band bewerben?

Der Prof lächelt mich an.

»Drei Nächte Autosuggestionstraining und an den drei Tagen jeweils sechs Stunden Intensiv-Gitarrenunterricht!«, teilt er mir mit.

WAS?????

Okay, das mit dem Autosuggestionsding ist eine echt heiße Sache. Auf diese Weise habe ich unter anderem meine Sprachen gelernt, im wahrsten Sinne des Wortes im Schlaf. Während ich nachts schlafe, werden in einer Art Hypnoseverfahren über ein paar an mir angeschlossene Dioden die entsprechenden Fähigkeiten in meinem Gehirn gespeichert. Ein bisschen so – so hat es der Prof uns erklärt –, als ob man auf einem Computer eine Software speichert. Wie es genau funktioniert, weiß ich nicht. Auf jeden Fall handelt es sich um eine speziell für Geheimdienste entwickelte Methode. Und sie funktioniert recht gut. Also zumindest beim Sprachenlernen. Aber dass ich nach drei Tagen als begnadeter Gitarrist und Popstar aufwache, wage ich zu bezweifeln.

Außerdem: »Drei Tage und drei Nächte!«, werfe ich ein. »In der Zeit wird diese Shiona doch längst einen Gitarristen gefunden haben.«

Der Prof schaut mich etwas mitleidig an.

»Hältst du uns für Amateure?«, fragt er. »Wir haben natürlich dafür gesorgt, dass im Moment niemand Weiteres Shionas Instagram-Account lesen kann, also auch nicht ihre Annonce. Du lernst jetzt zügig, Gitarre zu spielen, und sorgst dafür, dass sie dich nimmt. Wird ja wohl nicht so schwer sein, wenn du der einzige Bewerber bist.«

Aha. Das klappt nie, denke ich, behalte es aber für mich.

»Okay«, sage ich stattdessen.

Der Prof schiebt mir einen Zettel über den Tisch mit ihrer Adresse und ihren Kontaktdaten.

»Wir haben ihr schon in deinem Namen auf WhatsApp geschrieben«, klärt der Prof mich auf. »Du wirst sicher heute noch eine Einladung bekommen, um dich vorzustellen. Versuch aber, das Treffen erst in drei Tagen zu machen.«

»Schon klar«, sage ich. Im selben Moment zeigt mein Handy an, dass ich eine Meldung über WhatsApp bekommen habe.

In der Tat lädt Shiona mich zu einem Treffen ein.

Sie schreibt:

Am besten gleich heute
Nachmittag.

Und gleich hinterher:

Es gibt viele Bewerber, aber dein Profil gefällt mir am besten.

Was für eine Lügnerin! Ich weiß ja, dass sie nur meine Bewerbung bekommen hat.

Ich erhalte noch ein Kuvert mit einer schriftlichen Einweisung in diesen Fall, die ich nach dem Lesen sofort vernichten muss, und verabschiede mich vom Prof. Draußen, wieder am Rad, schreibe ich Shiona zurück und mache erst einmal auf cool, indem ich schreibe:

Danke für deine Einladung. Kannst du mal ein oder zwei Videos schicken,
was ihr so spielt und was ihr draufhabt?

Ich hoffe, sie hat jetzt erst einmal damit zu tun, das Video mit ihrer Freundin zu erstellen. Denn schließlich weiß sie ja nicht, weshalb sie nur einen Bewerber hat. Entsprechend stark wird sie daran interessiert sein, mich zu bekommen.

Doch die Antwort lautet anders, als ich gehofft hatte.

Klar kannst du uns erst mal checken.

Aber doch besser live als per
Video, oder?
Komm gleich vorbei, wenn
du Zeit hast, und wir spielen
dir etwas vor.

Ups. Und jetzt? Ich kann nichts auf der Gitarre, rein gar nichts. Insofern kann ich nicht zu ihr gehen. Nicht heute! Nicht jetzt!

Also schreibe ich:

Bin nicht in der Stadt!
Übermorgen?

Cool! Wo bist du denn?

Oh Mann! Ich überlege: Ihr Vater ist ein hochkrimineller Mafioso. Shiona wird davon nichts ahnen – hoffe ich mal. Aber ihr Vater dürfte Multimillionär sein. Welche Stadt also fände Shiona wohl cool? Ich muss grinsen, denn ich habe einen genialen Einfall.

London!
Und von dort bringe ich
gleich einen Schlagzeuger
mit, wenn du willst.
Du suchst doch einen?

Genial!!!!
Wie cool ist *das* denn!

Es folgen fünf Herzen und drei Küsschen.

Das Treffen ist also geritzt. Jetzt muss ich nur noch wirklich Gitarre spielen lernen und hoffe, diese Autosuggestion haut halbwegs hin. Das mit dem Schlagzeuger ist kein Problem. Denn Charles aus London soll sowieso zu meiner Unterstützung kommen, wie ich den Papieren im Kuvert entnehme. Und Charles, das erinnere ich noch von der Agentenakademie, spielt tatsächlich recht gut Schlagzeug. Na also. Die Jagd beginnt.

IN DER HÖHLE DES LÖWEN

Drei Tage später brennen mir die Fingerkuppen. Irgendwie hatte ich von dem, was mir der Prof gesagt hat, nur den Teil mit der Autosuggestion im Gedächtnis behalten, nicht aber den Teil mit dem Intensivtraining am Tag. Sechs Stunden täglich Gitarrenunterricht! Natürlich nach der Schule, die ich ganz normal besuchen muss, nach den Hausaufgaben und so weiter. Und dann schreiben wir morgen auch noch eine Mathearbeit.

Zu Hause hab ich sofort in den Ronaldo-Spiegel hineingefragt: »Wie soll das denn gehen?«

Die lapidare Antwort vom Prof lautete: »Lernen.«

Ha, ha. Schönen Dank auch.

Die vergangenen drei Tage waren also wieder mal die Hölle: morgens zur Schule, den üblichen Ärger mit Gonzo, Unterricht, nach Hause, Hausaufgaben. Die Tinte in meinem Hausaufgabenheft war noch nicht ganz getrocknet, da läutete bereits mein Gitarrenlehrer an der Haustür. Gitarre spielen lernen von drei bis neun Uhr. Anschließend pauken für die Mathearbeit.

Aber nun ist es so weit. Es hat tatsächlich geklappt: Ich kann Gitarre spielen! Nach nur drei Tagen. Das ist schon irre. Also, okay, nur so einigermaßen. Denn Autosuggestion und Intensivtraining hin oder her: Um ein Instrument gut spielen zu können, muss man üben. Viel üben. Täglich – nicht nur drei Tage, sondern jahrelang. Doch für eine erste Begegnung mit Shiona sollte es reichen.

Auf dem Weg zu ihr treffe ich Charles an einer verabredeten Straßenecke. Obwohl wir uns lange nicht gesehen haben, erkenne ich ihn sofort. Bei Charles weiß man nie, ob er gerade eine Verkleidung trägt, oder ob er seine Klamotten wirklich toll findet und deshalb so aussieht. Charles läuft rum wie die Jungs in den 1920er-Jahren: eine Kniebundhose aus Tweed, Kniestrümpfe, Hemd, Krawatte und ein zur Hose passendes Jackett. Ein wenig wie ein Erwachsener, den man geschrumpft hat. Bis auf seine roten Sommersprossen, die dicht an dicht übers gesamte Gesicht verteilt sind. Durch seine blasse Haut wirkt sein Kopf ein bisschen wie eine Honigmelone mit bunten Streuseln. Okay, bestimmt gibt es auch Erwachsene mit Sommersprossen, dennoch verleihen sie Charles ein besonders kindliches Aussehen, das im krassen Widerspruch zu seiner altbackenen, erwachsenen Kleidung steht. Dazu noch eine sogenannte Schiebermütze. Als wäre er einem Erich-Kästner-Roman entsprungen. Oder als hätte er sich zum Karneval als Sherlock Holmes verkleidet. Allerdings sieht man dem teuren Stoff auf den ersten Blick an, dass es sich nicht um billige Karnevalskleidung handelt.

»Hello!«, begrüßt Charles mich.

Ich betrachte ihn kurz mit einem skeptischen Blick, frage mich, wie er wohl als Schlagzeuger in einer Rockband wirkt, und komme zu dem Schluss: Das geht gar nicht!

Trotzdem begrüße ich ihn freundlich, denn ich freue mich ehrlich, ihn wiederzusehen. Meine einzig wirklichen Freunde kommen nämlich alle von der Agentenakademie.

»Dann wollen wir mal…«, sage ich. Ich weiß, dass Charles Deutsch versteht und auch recht gut spricht.

Charles sieht mich an: »Wir wollen… *what*?«

»Äh…«, stottere ich. Versteht er mich doch nicht so gut? »Na ja, zu dieser Shiona gehen.«

»Okay«, willigt Charles ein. »Warum du nicht sagst dies?«

Ich vergaß: Charles ist etwas… pedantisch. Unvollständige Sätze zum Beispiel verabscheut er. Und das ist beileibe nicht alles, was er verabscheut.

Das Haus, in dem Shiona wohnt, liegt ein wenig außerhalb der Stadt. Wir fahren mit der S-Bahn, in der ich an Charles' nächsten Tick erinnert werde. Bevor er ein öffentliches Verkehrsmittel betritt, zieht er sich feine Glacéhandschuhe über. Ohne sie würde er weder Haltegriff noch -stange anfassen. Wenn es wenigstens normale Handschuhe wären. Doch Charles meint, es wäre dämlich, im Sommer mit Handschuhen wie im Winter herumzulaufen. Nein, es müssen also diese feinen weißen Glacéhandschuhe sein, die man früher eigentlich nur zum Frack getragen hat. Entsprechend betrachten uns andere Fahrgäste, als hätte Charles eine schlimme Hautkrankheit.

Nach der S-Bahnfahrt müssen wir noch ein Stückchen laufen. Nach gut einer Viertelstunde zu Fuß sind wir da. Shiona wohnt in einer prächtigen weißen Villa, von der der Prof mir Fotos gezeigt hat. Jetzt sieht man von dem Haus allerdings nichts. Wir stehen vor einem verschlossenen Stahltor, das sich langsam vor uns aufschiebt, noch während wir nach einer Klingel in der drei Meter hohen Mauer suchen, die das gesamte Gelände offenbar einschließt. Nachdem sich das Tor etwa einen halben Meter geöffnet hat, wollen Charles und ich schon durchschlüpfen, doch sofort werden wir von einem Typen gestoppt, bestimmt mehr als zwei Meter groß und gefühlt auch genauso breit. Hinter ihm steht ein Wachposten, der aussieht wie ein Soldat, mit einer Maschinenpistole über der Schulter.

»Äh, hallo!«, begrüße ich den Riesen. »Wir …«

»Geradeaus!« Eine Stimme wie ein chinesischer Gong. Tief, scheppernd, durchdringend. Seine Arme bewegt er nicht. Die Richtung zeigt er mit der Andeutung eines Kopfnickens an. »Hundert Schritte. Dann stehen bleiben.«

In Anbetracht seiner Erscheinung kommt man nicht

auf die Idee zu fragen, was denn passieren würde, bliebe man nicht nach exakt hundert Schritten stehen. Man ahnt Fürchterliches, und das genügt, der Anweisung zu folgen.

Charles und ich gehen die gepflasterte Einfahrt entlang, und ich bemerke, dass er seine Schritte ebenso gewissenhaft mitzählt wie ich. Nach exakt hundert Schritten stoppen wir und sehen nun schräg links vor uns die weiße Villa. Irre! Einen Schritt weniger, und der Blick auf das Haus wäre uns verborgen geblieben. So aber entfaltet sich die ganze Pracht des Gebäudes, für das die Bezeichnung »Villa« maßlos untertrieben ist. Wir stehen vor einem Schloss!

Und die in ihm wohnende Prinzessin lässt nicht lange auf sich warten. Schon kommt sie mit wehenden Haaren auf uns zu. Für einen Moment glaube ich, in die Fernsehsendung für das nächste Topmodel hineingeraten zu sein. Shiona sieht genauso aus wie die Mädchen im Fernsehen. Langes, blondes, leicht gewelltes Haar. Ihr stark geschminktes Gesicht lässt sie glatt drei bis vier Jahre älter wirken. Die soll erst 14 sein? Sie ist gertenschlank, um nicht zu sagen: mager. Ihr dürrer Körper steckt in einer glitzernden dunkelroten Bluse, dazu ein kurzer Rock aus dunkelblauem Samt und an den Füßen ebenso blaue Pumps. Mit Schritten, als ginge sie auf einem Laufsteg, stöckelt sie auf uns zu, bleibt kurz vor uns stehen und mustert uns, als wollten Charles und ich uns für eine Castingshow bewerben. Ich befürchte, diesen Blick hat sie auch aus dem Fernsehen und stundenlang vor dem Spiegel geübt.

»*Ihr* seid das?« Ihre Frage gleicht einem einzigen Vorwurf. »Ihr seid ja noch Kinder!«

Charles und ich werfen uns einen flüchtigen Blick zu. Was soll man darauf sagen? Bevor wir irgendetwas Schlagfertiges erwidern können, wendet sie sich an Charles: »*Dein* Outfit ist allerdings irgendwie cool!«

Ausgerechnet! denke ich. Aber wenn Charles' seltsame Kleidung uns den Zutritt zur Villa verschafft: Mir soll's recht sein.

»Hoffentlich habt ihr was drauf!«, sagt die Prinzessin, dreht sich um und stöckelt voraus.

Charles und ich entschließen uns, ihr zu folgen.

»Den Übungsraum einer Rockband hab ich mir auch anders vorgestellt«, sage ich, froh darüber, dass mir endlich ein halbwegs cooler Spruch einfällt.

Shiona bleibt kurz stehen und schaut mich wieder von oben herab an: »*Rock*band? Wir machen doch keine *Rock*musik! Aus welchem Jahrhundert kommst du denn? Ich will in die *Pop*-Charts!«

»Äh, ne, schon klar!«, verteidige ich mich. »Ich meinte ja nur …« Und denke: *Zumindest den einen Nachmittag, an dem ich nichts als die Gitarrenriffs der berühmtesten Rockriffs auf der E-Gitarre üben musste, hätte ich mir sparen können!*

Shiona verzieht das Gesicht, öffnet die museumshohe Eingangstür aus massivem, schwerem Holz, und wir betreten eine gigantisch große Empfangshalle. Doch zum Staunen bleibt uns keine Zeit. Shiona geht weiter zu einem Fahrstuhl, der rechts von uns geöffnet wartet. Wir treten ein, die Tür schließt automatisch, ohne dass man irgendeinen Knopf drücken muss, und es geht – aufwärts!

Das überrascht mich. Ich hätte den Übungsraum im Keller vermutet. Stattdessen fahren wir hinauf in den dritten Stock. Ganz oben steigen wir aus und landen direkt – ohne jeglichen Flur oder Zwischenraum – in einem komplett ausgestatteten Tonstudio. An einem riesigen Mischpult, von dem vermutlich selbst zahlreiche Musikstudios nur träumen können, sitzt ein dunkelhaariges und -häutiges zartes Mädchen in schwarzer Kleidung, das sich lächelnd zu uns umdreht. Ich traue meinen Augen nicht. Das ist – Naomi!

Ich muss mich stark zusammenreißen, nicht ihren Agentennamen hinauszubrüllen, auf sie zuzulaufen und sie innigst zu umarmen. In meinen Papieren stand nichts von ihr. Aber ich freue mich riesig, sie zu sehen. Doch ich biete all meine Willenskraft auf, um cool zu bleiben und nur lässig zu sagen: »Hi!«

»Hi!«, antwortet Naomi. »Ich bin Naomi.«

Ich verschlucke mich fast. Naomi stellt sich mit richtigem Namen vor? Also, ich meine, mit ihrem richtigen Agentennamen?

Shiona übernimmt das Übrige: »Naomi ist unsere neue Tontechnikerin. Cool, oder? Ihre Eltern kommen aus Paris und arbeiten seit Kurzem hier in Hamburg.«

»Cool!«, sage ich. Und denke es auch. Naomi hat einfach ihren Agentennamen genommen und benutzt ihn als falschen Echtnamen. Das ist wirklich mal cool. So braucht sie sich keinen weiteren zu merken. Und wir kommen auch nicht in Versuchung, sie zu verraten, sollten wir sie versehentlich mal Naomi nennen. Ich muss gestehen, dass ich überhaupt nicht darauf geachtet hatte, mit welchem Namen der Prof sich an meiner statt per WhatsApp bei Shiona beworben hat. Egal, ich mache es wie Naomi und Charles und entscheide, mich ebenfalls mit meinem Agentennamen vorzustellen: Liam.

Wir drei behalten natürlich für uns, dass wir uns schon lange kennen.

Naomi ist das genaue Gegenteil von Shiona: nicht nur kleiner, dunkelhaarig und dunkelhäutig, wogegen Shiona schon fast wie ein Albino wirkt, sondern in ihrem schwarzen Shirt und der schwarzen Hose wirkt sie auch viel bodenständiger, drahtiger und robuster als die Prinzessin, obwohl Naomi eigentlich viel zierlicher ist.

»Kati kommt gleich«, teilt Shiona uns mit.

»Kati?«, frage ich.

»Unsere Bassistin.«

»Ah, ja. Klar!«

»Wollt ihr schon mal loslegen?«, fragt Shiona erwartungsvoll.

Charles will ihr gerade schon bereitwillig zunicken, doch ich mache ihm einen Strich durch die Rechnung.

»Zuerst wolltet doch *ihr*…?«

»Klar!«, stimmt Shiona zu.

Nur Charles bleibt der Alte: »Sie wollten was?«

»Uns zuerst etwas vorspielen. Wir steigen dann ein, wenn wir es gut finden«, erinnere ich ihn an unsere Legende.

Doch Charles bleibt ganz und gar Charles: »Dann sag das doch!«

Ich verziehe das Gesicht. Naomi schmunzelt. Und ich frage mich, ob Charles von ihrem Einsatz etwas wusste.

»Kann ich noch mal auf Klo, bevor Kati kommt?«, frage ich.

Shiona nickt. »Naomi zeigt dir den Weg.«

»Auf Klo was …?«, fragt Charles.

Doch dieses Mal gehe ich nicht auf seine Frage ein.

Zum Glück liegt die Toilette am Ende eines langen, hohen, mit altem Stuck verzierten Flurs. Dadurch ergibt sich genügend Zeit für mich und Naomi, uns auszutauschen.

Trotzdem blicke ich mich zuvor noch zu allen Seiten um und prüfe, ob dieser Gang nicht mit Kameras überwacht wird. Das ist nicht der Fall, was mich, ehrlich gesagt, ziemlich erstaunt. Entsprechend vorsichtig flüstere ich meine Fragen nur: »Seit wann bist du hier? Und wieso wussten wir davon nichts?«

Auch Naomi zischt ihre Antwort nur leise zwischen den Zähnen hervor, ohne mich dabei anzusehen. Wir bleiben während unserer Unterhaltung nicht stehen, gehen aber deutlich langsamer als üblich.

»Ich bin auch erst das zweite Mal hier«, berichtet Naomi mir. »Das erste Mal vor zwei Tagen, nachdem du dich als Musiker gemeldet hast. Als Technikerin am Mischpult kann ich für die entsprechenden Pausen sorgen, in denen du dich im Haus umsehen kannst.«

»Ich?«, frage ich nach. »Ich meine, Charles ist ja auch noch da.«

»Charles dient eigentlich nur zur Ablenkung und damit statt seiner nicht ein anderer Musiker kommt, der zusätzlich ein Hindernis darstellen könnte. Ich sorge für die technischen Pannen, Charles für die Ablenkung von Shiona und ihrer Freundin. In genau diesen kurzen Zeitspannen musst du herausbekommen, mit wem ihr Vater Geschäfte macht, wann die nächsten Treffen geplant sind, und wo. Und vor allem: womit er eigentlich handelt.«

»Wenn's weiter nichts ist«, sage ich mit ordentlichem Sarkasmus in der Stimme. »Ich meine, meine Aufgaben sind nichts Geringeres als das, worum der halbe Geheimdienst seit Jahren bemüht ist.«

»Ich weiß«, stimmt Naomi mir zu. »Aber nicht mal der gesamte Geheimdienst hat es geschafft, jemals hier in diese Privaträume vorzudringen. Wo, wenn nicht hier, sollten wir an die Informationen herankommen?«

»Schon klar«, sage ich. Ich wollte mich ja auch gar nicht beschweren. Nur wird mir in diesem Moment bewusst, dass meine Aufgabe wohl erheblich schwieriger sein wird als angenommen. Ich habe noch nicht einmal eine Ahnung, wo ich hier mit dem Suchen anfangen soll.

Naomi greift in ihre Hosentasche und steckt mir drei kleine, runde, knopfartige Chips zu. Sie sehen fast aus wie Lakritztaler und mir läuft sogar ein bisschen das Wasser im Mund zusammen. Auf Lakritz hätte ich jetzt tatsächlich Appetit. Aber ich weiß natürlich, dass es sich um hochmoderne Wanzen, also Miniatur-Abhörgeräte, inklusive GPS-Funktion, handelt, die ich an die entsprechenden Stellen anbringen soll, sprich: möglichst im Wohnzimmer und im Büro von Shionas Vater. Ich stecke mir die Chips in die Hosentasche, von denen ich selbst auch grundsätzlich zwei bis drei Stück bei mir trage. Aber bei diesem Einsatz kann ich vielleicht mehr brauchen. Dann haben wir die Toilette erreicht.

Kurz bleibe ich stehen, um zu fragen: »Hast du schon einen Überblick über die Räume?«

Naomi schüttelt den Kopf. »Die Villa ist zu groß. Mindestens fünfzehn Zimmer. Ich hab Shiona gefragt, aber sie hat ausweichend geantwortet. Ich weiß nur: Hier oben in dieser Etage ist fast alles Shionas Reich. Deshalb sind hier auch keine oder zumindest nur wenige Kameras. Du musst die beiden unteren Etagen untersuchen, vielleicht sogar den Keller.«

»Okay.« Ich gehe in den Toilettenraum, obwohl ich gar nicht muss. Das Merkwürdige ist, dass vom Flur aus zwei Türen zur Toilette abgehen, eine für Jungs, die andere für Mädchen. In einer Schule oder Jugendherberge ist das ja üblich, aber wir sind hier in Shionas Privaträumen! Also, selbst wenn ich zu Hause zwei Toiletten hätte, dann vermutlich eine für mich und eine für Gäste, aber getrennt in Jungs und Mädchen? Zu Hause? Voll krass!

Ich sehe mich in den Toilettenräumen um und wundere mich, dass es hier wirklich aussieht wie im Schulklo. Da hängen tatsächlich einige Pissoirs nebeneinander. Das kann doch nur heißen, dass Shiona viel Besuch bekommt oder dies zumindest plant.

Ich denke an den Raum, in dem wir gleich proben sollen. Auch dort sah es ja aus wie in einem professionellen Musikstudio. Hatte Shiona nicht gesagt, sie wolle erst eine Band *gründen*? Aber alles ist bereits profimäßig ausgestattet: ein komplettes Studio mit Besuchertoiletten und so weiter. Die ganze Etage ausgelegt wie bei einem Musikproduzenten.

Mir geht ein Licht auf.

Genau das *ist* es auch: eine Musikproduzenten-Firma!

Ich verlasse die Toilette und erzähle Naomi, die auf mich gewartet hat, meine Vermutung: »Shiona gründet offenbar nicht nur eine Band, sondern gleich eine ganze Firma für Musikproduktion.«

Naomi will mir gerade einen Vogel zeigen und wohl sagen, dass meine Fantasie mit mir durchgeht, doch dann legt sie die Stirn in Falten, überlegt und versteht, worauf ich hinauswill: »Du meinst: Geldwäsche?«

Ich nicke. »Ihr Vater gründet die Firma – angeblich für Shiona, in Wahrheit aber für sich. Die Firma macht natürlich kaum Umsatz, meldet beim Finanzamt aber

Millionenverkäufe. Der angebliche Gewinn wird versteuert. Was übrig bleibt, ist offizielles und sauberes Geld, obwohl es in Wahrheit durch illegale und kriminelle Geschäfte erwirtschaftet wurde. Klassische Geldwäsche. Shionas Band und Musikproduktion ist also Teil der kriminellen Geschäfte ihres Vaters.«

Naomi versteht. »Bleibt, herauszubekommen, ob sie davon weiß oder ihren Vater einfach nur für enorm großzügig hält. Damit ist für mich klar: Wir sind zwar genau im richtigen Haus, aber hier oben an der falschen Stelle. Denn hier wird nur das aufgebaut, was jeder offiziell sehen soll. Der düstere Hintergrund liegt woanders verborgen.«

»Okay«, sage ich. »Lass uns zurückgehen. In einer halben Stunde sorgst du für eine technische Panne, und ich versuche, mich im Haus umzusehen.«

Naomi nickt mir zu.

Der Flur, den wir zurückgehen, hat zum Glück auch einige Fenster, die zum Hinterhof zeigen, zum Garten und dem dahinterliegenden kleinen Wald.

Ich schaue hinaus, um zu checken, ob man von dieser Seite aus auch von außen ins Gebäude gelangen könnte. Leider kann man die Fenster nicht öffnen, und ich kann mich nicht hinauslehnen, um die Fassade zu betrachten. Aber unten auf dem Hof stehen zwei Autos: eine große, silber-graue Limousine, ein Audi A8 L, wenn ich mich nicht irre. Die Bundeskanzlerin fährt auch so einen. Ob der hier auch so gepanzert ist? Hinter der Limousine steht ein fetter SUV. Bestimmt der Wagen irgendwelcher Sicherheitskräfte. Wie es scheint, findet hier im Haus gerade eine wichtige Besprechung statt. Leider kann man von hier oben die Nummernschilder nicht erkennen, aber wahrscheinlich sind sie ohnehin gefälscht. Trotzdem mache ich schnell zwei Fotos von den Wagen. Einfach mit dem Smartphone. Hier sind wir ja noch unbeobachtet.

»Wir müssen zurück!«, mahnt Naomi.

Also gehen wir zurück ins Studio. Aber ich werde den Gedanken an die Besprechung dort unten nicht los. Verflixt, hoffentlich sind wir noch nicht zu spät! Ich muss schnellstmöglich dort hinunter und hören, worum es geht.

Als wir zurück sind, ist Kati mittlerweile da. Sie, Shiona und Charles stehen bereits an ihren Instrumenten.

»Na endlich!«, ruft Shiona mir zu. »Wo bleibt ihr denn so lange?«

Ohne sich weiter mit einer gegenseitigen Vorstellung aufzuhalten, legen die beiden Mädchen los und – es ist furchtbar! Shiona und Kati können überhaupt nicht spielen. Sie schrammeln auf ihren Instrumenten herum, dass einem die Ohren wegplatzen. Was ist *das* denn? Offenbar hatte ihr Dad es eilig mit dem Aufbau seiner Strohfirma, hat seiner Tochter einen Herzenswunsch erfüllt, aber dabei vergessen, ihr auch Musikunterricht zu spendieren. Da hätte ich mir die drei Tage härtester Übung sparen können. Nachdem der Krach des ersten Stücks vorbei ist, fragt Shiona hoffnungsvoll in die Runde. »Und? Wie war's?« Sie und Kati wechseln stolze Blicke.

»Äh, …«, stottere ich. »Interessant. Äh … will sagen: super! Grandios!« Und das finde ich wirklich. So fällt nämlich nicht auf, dass ich auch nichts kann, und meine Tarnung hier ist perfekt. Beste Voraussetzungen, die Jagd auf die kriminelle Bande ihres Vaters zu beginnen!

ERSTE ERMITTLUNGEN

Nur eine halbe Stunde später ist es so weit. Bei dem miesen Geschrammel von Shiona und Kati konnte ich mit meinem Gitarrenspiel wunderbar mithalten. Wenn man nicht genau hingehört hat, hat's sogar Spaß gemacht. Shiona hatte bald ihre Gitarre beiseitegelegt und sich nur noch auf den Gesang konzentriert, der – zum Glück für unser aller Ohren – deutlich besser war als ihr Gitarrenspiel. Kati dröhnte zwar weiter auf ihrem Bass herum, aber Naomi hat sie geschickt runtergepegelt, sodass eigentlich nur noch Kati sich selbst gehört hat. Charles hielt mit seinem Schlagzeug als Einziger die ganze Band zusammen, und so erreichten wir, was wir wollten: Shiona ist nach der ersten halben Stunde vollauf zufrieden.

»Kommt mal her!«, ruft Naomi uns zu. »Ich kann noch ein paar Effekte drauflegen, das hört sich *noch* geiler an. Hört mal!«

Shiona läuft aufgeregt zu ihr, und ich begreife, dass Naomi etwas Besseres als eine technische Panne eingefallen ist, um mir die Zeit zu verschaffen, mich im Haus umzusehen.

»Bin gleich zurück!«, rufe ich den anderen zu. »Zu viel Cola getrunken vorhin. Muss schon wieder auf Klo.« Und schwupp bin ich raus aus der Tür.

Ich weiß, ich habe nicht viel Zeit. Zumindest nicht genug, um die riesige Villa zu durchsuchen. Deshalb vergewissere ich mich als Erstes, ob die beiden Autos noch unten stehen. Das tun sie. Und mein Gefühl sagt mir, dass diese Wagen uns weiterbringen könnten, wenn wir ihre Spur verfolgen. Ich muss also zu den Wagen und unbemerkt einen Sender anbringen. Direkt neben dem Fahrstuhl, mit dem wir gekommen sind, führt eine Tür ins Treppenhaus.

Ich sehe mich kurz um.

Niemand da.

Rein ins Treppenhaus.

Horchen. Nichts.

Weiter. Blitzartig die Treppe hinunter. Ohne Zwischenfälle gelange ich ins Erdgeschoss. Jetzt heißt es aufpassen.

Wieder Horchen.

Wieder nichts.

Tür auf und… verdammt. Sie ist verschlossen. Kein Problem für mich, trotzdem ärgerlich. Ich hab ein kleines, nützliches Set in meinem Jackenfutter versteckt, brauche damit nur wenige Sekunden, schon habe ich die Tür geöffnet und stehe… nicht in einem Flur, wie ich gedacht hatte, sondern in der Empfangshalle, die zum Glück groß genug ist, um sich im Zweifel verstecken zu können. Einige Statuen stehen hier, dann ist da ein mondäner, breiter Treppenaufgang, fast wie eine Showtreppe, eine Garderobe, zwei große Palmen und ein alter, dicker Olivenbaum in der Ecke, der, genau wie die Palmen, mit einem Strahler künstlich beleuchtet wird. Shionas Vater mag es offenbar mediterran. Aber wo geht's raus in den Hof? Auch hier von der Empfangshalle? Es gibt neben der Haustür eine Reihe von weiteren Türen, die – vermute ich mal – zu weiteren Fluren oder Räumen führen.

Plötzlich Schritte.

Eine der Türen öffnet sich!

Ich schaue mich um. Und verkrieche mich schnell in die Ecke hinter den Olivenbaum.

Es ist ein schlechteres Versteck, als ich zunächst angenommen habe. Aber jetzt ist es zu spät, um zu wechseln. Ich mache mich so klein wie möglich. Eine der hinteren Türen öffnet sich, und heraus kommt – ein schwanzwedelnder, kurz und dumpf kläffender Dobermann. Ach du Scheiße! Der braucht mich nicht zu sehen, um mich aufzuspüren. Ich bin machtlos und überlege schon, ob ich nicht sofort aus meinem Versteck kommen und mich zeigen sollte. Lieber auf dummen Jungen machen, der sich verlaufen hat, als hier im Versteck erwischt zu werden. Ich erhebe mich schon halb, doch der Dobermann rennt an mir vorbei zur Haustür, die sich in diesem Moment öffnet. Der Hund springt sein Herrchen freudig an. Sein Herrchen ist offenbar Shionas Vater, Thorsten Maffei, der die Wiedersehensfreude mit seinem Hund erwidert.

Die beiden knuddeln und spaßen herum, während hinter ihnen ein weiterer Mann durch die Tür tritt und stehen bleibt. Ein Leibwächter, nehme ich an. Shionas Vater geht, gefolgt vom Dobermann, nach hinten und durch eine Tür, sicherlich zu der Besprechung mit den Leuten aus den Limousinen. Der Leibwächter schließt jetzt die Haustür und geht seinem Chef hinterher. Doch dann bleibt er plötzlich stehen und beginnt zu »wittern«, wie ich es nur dem Hund zugetraut hätte.

Mist! Der Typ ahnt wohl, dass ich hier hinter dem Baum hocke. Er dreht sich in meine Richtung, kommt auf mich zu. Ich mache mich noch kleiner als ohnehin schon. Der Typ ist ebenso riesig wie der, der mir und Charles das Tor geöffnet hatte. Gegen den habe ich keine Chance. Ich bin zwar in verschiedenen Kampfsportarten ausgebildet, aber eben doch kein Superman. Der körperliche Unterschied bleibt: ich, ein normaler zwölfjähriger Junge, 1,48 Meter groß, 42 Kilo schwer; er, über zwei Meter und vermutlich ein 120-Kilo-Koloss. Der zerquetscht mich wie eine Kakerlake, wenn er mich in die Finger bekommt. Ich sitze in der Falle!

Es sei denn …

… er sieht mich nicht als Gefahr. Ich bin ein Kind! Gangster betrachten Kinder nicht als Gefahr. Zumindest nicht beim ersten Anblick. Also zeige ich dem Wächter meine kindliche Seite.

Kurz bevor er den Olivenbaum erreicht, komme ich dahinter hervor.

»Ist er fort?«, frage ich.

Der Riese bleibt verdutzt stehen. »Wer?«

»Na, der große Hund!«, sage ich. »Ich habe Angst vor großen Hunden.«

Der Riese stutzt, scheint zu überlegen, was er von der ganzen Sache halten soll, und fragt schließlich: »Wer bist du? Und wieso bist du hier? Hier unten, meine ich. Gehörst du zu Shiona?«

»Ich soll Chips holen«, schwindle ich. »Wir haben nichts mehr zu knabbern dort oben.«

»Shiona isst doch gar keine Chips! Viel zu viele Kalorien«, stellt der Koloss klar, wobei er misstrauisch seine breite Stirn runzelt.

»Aber Charles und ich!«, erwidere ich. Und das ist sogar wahr. »Ich wollte gerade zur nächsten Tankstelle oder einem Kiosk, um welche zu kaufen. Aber dann kam der Hund angesaust.«

Der Riese schaut mich missbilligend an. Aber ihm fällt wohl nichts mehr ein, um mich weiter auszufragen.

»Geh wieder hoch«, raunt er mich mit dunkler, mürrischer Stimme an. »Ich lasse euch welche bringen.«

»Oh!«, sage ich freudig. »Danke!«

Der Riese dreht ab und verschwindet durch die Tür, durch die auch Shionas Vater mit dem Hund gegangen ist.

Sag ich doch! Kinder werden nicht als Gefahr angesehen. Einem Erwachsenen hätte er sicher weder eine billige Ausrede abgenommen noch ihn allein hier im Flur stehen lassen.

Kaum ist der Riese außer Sicht, düse ich los. Durch eine andere Tür, die – so hoffe ich, zumindest von der Richtung her – nach hinten zum Hof führt, wo die Autos stehen.

Ich habe Glück. Ich gelange über einen kleinen Flur auf den Hof, sehe mich dort blitzartig um, krabble unter die Limousine und hefte einen meiner kleinen, magnetischen GPS-Sender ans Innere des hinteren linken Kotflügels. Das war's. Ab sofort kann ich per Smartphone genau verfolgen, wohin der Wagen fährt. Jetzt im Eiltempo zurück, hoch ins Studio, bevor die Chips gebracht werden.

Ich schaffe es nicht ganz. Als ich ins Studio stürze, sind die Chips schon da, und Shiona ist stocksauer. Sie zeigt auf die Schüssel mit Knabberkram.

»Ich denke, du warst nur auf Klo? Stattdessen hast du unten Chips bestellt?«, fragt sie mich in scharfem Ton.

»Ich … äh … Hatte ich Appetit drauf«, stottere ich. Und stopfe mir sofort zwei Handvoll in den Mund.

»Bist du nicht ganz dicht?«, keift sie. »Du kannst nicht einfach ungefragt runtergehen. Da flippt mein Vater aus. Der arbeitet dort unten. Meine Gäste haben da nichts zu suchen. Außerdem wollen wir hier endlich proben!«

Ich murmle eine Entschuldigung, Shiona stellt sich aufnahmebereit ans Mikro, Charles und Kati sind auch so weit. Ich schnappe mir meine Gitarre und zwinkere Naomi zu, dass alles geklappt hat. Dann umfasse ich das Griffbrett für den ersten Akkord. Shionas Halsschlagader ist angeschwollen, ihr Kopf knallrot geworden.

»Oh Mann!«, schimpft sie. »Ich kann so nicht singen! Immer müssen wir auf dich warten! Wegen so blöder Chips, die ich sowieso nicht ausstehen kann. Weißt du, wie dick die machen? Jetzt hab ich ’nen Kloß im Hals! Nur deinetwegen!«

Meinetwegen? Wieso…? Genau in dem Augenblick vibriert mein Handy in der Hosentasche. Ich weiß: Das ist der GPS-Sender, der sich meldet. Die Limousine hat sich in Bewegung gesetzt. Scheiße! Da müsste ich jetzt hin.

»Wasser!«, krächzt Shiona. »Ich brauche sofort eine Flasche Wasser!«

»Ich hole dir eine«, biete ich an. Das wäre *die* Gelegenheit, nachzusehen, wohin die Limousine fährt.

»DU NICHT!«, keift Shiona.

»*Ich* mach es«, bietet Kati sich an.

Oh nein! Nicht ausgerechnet Kati, die Einzige, die mit uns nichts zu tun hat. Die Limousine haut ab, und wir stecken hier fest. Ich hoffe nur, die Aufzeichnung läuft, die den Weg der Limousine nachzeichnet.

Shiona lässt sich auf ein Sofa fallen, das hinter Naomi im Studio steht.

»Oh Mann«, stöhnt sie. »Was hab ich mir mit euch da bloß eingeladen?«

Ihr Blick geht hilfesuchend zu Naomi.

»Was meinst du?«, fragt sie, als wäre sie seit Jahren im Musik-Business tätig. »Kann man mit den beiden arbeiten?«

»Unbedingt!«, versichert Naomi ihr. »Charles ist herausragend gut als Schlagzeuger. Und Liam spielt doch auch super.«

Die arme Shiona kann ja nicht ahnen, dass wir zusammengehören.

Im Vergleich zur Zicke Shiona scheint Gonzo mit einem Mal ein total netter Kumpel zu sein. Aber was soll's? Wir sind zu dritt in der Höhle des Löwen, und hier müssen wir auch bleiben. Koste es, was es wolle.

Schon ist Kati zurück mit dem Wasser, allerdings einem mit Sprudel.

»Was soll das denn?«, meckert Shiona sofort los. »Mit Sprudel? Da muss ich beim Singen ja aufstoßen. Oh Mann, Leute! Ich will hier professionell arbeiten.«

Sie springt auf und rennt aus dem Studio. »Ich hol's mir selber.«

Dann bleibt sie kurz stehen. »Und wehe, einer von euch haut wieder ab!«

Mir juckt es in den Fingern, das Smartphone hervorzuholen und den Wagen zu verfolgen. Doch Kati hat mich im Blick.

Ich zwinge mir ein Lächeln heraus. Kati erwidert es nicht.

Dann kommt Shiona schon zurück, mit einer Flasche Wasser in der Hand.

»Probieren wir's noch mal«, sagt sie.

Wir spielen noch ein paar Takes, nehmen mit dem Computerprogramm sogar ein Stück auf. Naomi schafft es, aus unserem Geschrammel am Mischpult tatsächlich eine halbwegs hörbare Version zu basteln, was mich allerdings nur wenig wundert. Naomi ist an technischen Geräten eine wahre Meisterin. Ich hab da öfter so meine Schwierigkeiten, sprich: Immer, wenn ich eine superneue Agenten-Geheimtechnik nutzen will, funktioniert sie nicht und irgendwas geht schief. Bei Naomi aber klappt immer alles. Ich glaube, sie besitzt magische Hände, die selbst nur aus Bits und Bytes und ein paar Drähten bestehen. Jedenfalls klingt unsere erste Aufnahme überraschend gut. Entsprechend gut gelaunt verabschiedet Shiona uns.

»Okay«, sagt sie schließlich. »Mein Gesang ist gut, der Rest: geht so. Morgen um zehn Uhr wieder hier. Alles klar?«

»Öh«, wende ich ein. »Da haben wir Schule!«

Shiona ist Widerspruch offenbar nicht gewohnt. »Zehn Uhr habe ich gesagt. Basta!«

»Klar«, verspreche ich.

Wenigstens habe ich so für die Schule ein gutes Alibi, obwohl eigentlich mein Auftrag mich daran hindert hinzugehen. Ich kann die Band vorschieben.

»Bis dann!«, verabschiede ich mich und gehe mit Naomi und Charles.

Kati scheint zum Glück noch etwas bleiben zu wollen.

Unten, draußen vor der Tür, schaue ich sofort auf mein Smartphone. Die Karte zeigt, wohin die Limousine gefahren ist.

»Wir müssen zum Hafen!«, sage ich.

EINE HEISSE SPUR

Nachdem wir die Limousine auf der Karte geortet hatten, mussten wir uns beeilen. Dachten wir. Trotzdem bin ich erst einmal zurück nach Hause gefahren, um meinen speziellen Rucksack zu holen, den alle YOUNG AGENTS besitzen und den wir tunlichst bei jedem Einsatz dabeihaben sollten. Wer einmal einen James-Bond-Film gesehen hat, weiß, dass der immer nur einen Smoking oder Anzug trägt, aber immer, wenn es drauf ankommt, genau das richtige Gimmick im maßgeschneiderten Jackett bei sich hat, das ihm im entscheidenden Moment das Leben rettet. Als ob er jedes Mal vorher wüsste, welcher von etlichen möglichen Gefahren er ausgesetzt sein wird. Das ist natürlich echter Kinoblödsinn. Nein, um auf möglichst viele gefährliche Eventualitäten vorbereitet zu sein, tragen wir YOUNG AGENTS einen kleinen Rucksack bei uns, den die Zentrale mit der Grundausrüstung für unsere Einsätze bestückt. Auch wieder ein Vorteil: Ein Kind, das in der Stadt einen Rucksack trägt, fällt überhaupt nicht auf.

Charles und Naomi wohnen hier in Hamburg in kleinen Zimmern, die für uns Agenten von der Zentrale immer bereitgestellt werden, übrigens in nahezu jeder größeren Stadt, in der die Abteilung der YOUNG AGENTS eine Außenstelle hat. Charles und Naomi hatten ihre Rucksäcke in öffentlichen Schließfächern deponiert und vor unserem Treffen am Hafen geholt.

Wir dachten also, wir müssten uns beeilen. Aber das Agentendasein kann auch ziemlich öde sein, denn seit fünf Stunden tut sich nichts. Wir sind dem GPS-Signal auf unseren Smartphones gefolgt, haben die Limousine gesucht und sie in einer kleinen Seitenstraße in der Nähe einer Anlegestelle für Kreuzfahrtschiffe gefunden, wo sie parkt. Kein dazugehöriger Fahrer weit und breit zu sehen. Es blieb nichts anderes übrig, als uns auf die Lauer zu legen und das Auto zu observieren. Dazu hatten wir uns aufgeteilt. Charles hatte die erste Schicht übernommen, Naomi die zweite und ich die dritte. Aber nichts tat sich. Am Auto nicht, und in der Umgebung auch nicht. Mittlerweile ist es zehn Uhr abends, und die untergehende Sonne taucht den gesamten Hafen in ein mystisch wirkendes, flammenrotes Licht.

Für diese Uhrzeit hatten wir uns wieder alle drei verabredet, und Naomi und Charles sind soeben pünktlich auf die Minute erschienen. Wir drei hocken hinter einer kleinen Mauer, die den Fußweg von der Promenade direkt am Wasser trennt, und blicken auf den wunderschönen Sonnenuntergang über dem Wasser.

»Gigantisch«, hauche ich.

Charles springt auf und schaut zu dem parkenden Wagen. »Was? Wer?«

»Die Sonne!«, sage ich und zeige auf den feuerroten Ball am Himmel und die sich spiegelnden und glitzernden Sonnenstrahlen auf der Wasseroberfläche.

Auch Naomi ist tief beeindruckt von dem stimmungsvollen Sonnenuntergang, der die vielen Kräne, Werften und Containerschiffe allmählich nur noch als Silhouetten am Horizont erscheinen lässt.

»Very nice«, stimmt jetzt sogar Charles zu.

Für einen kurzen Moment schauen wir drei verträumt auf das Naturschauspiel, ehe Naomi sich besinnt, sich umdreht, über die Mauer lugt und flucht: »Merde!«

Die Limousine ist verschwunden.

»Das gibt's doch nicht!«, schimpfe ich. Wirklich: Keine sechzig Sekunden waren wir unaufmerksam, und in genau dieser Minute hat sich der Wagen unbemerkt davongestohlen? Unmöglich! Zumal es sich bei der kleinen Seitenstraße um eine Einbahnstraße handelt. Der Wagen kann also gar nicht in die andere Richtung weggefahren sein, sondern hätte dicht an uns vorbeifahren müssen.

»Der muss ... äh ... *drive in* in eine diese Häuser!«, stottert Charles.

»Was?«, frage ich. »Ins Haus hineingefahren? Durch die Wand, oder was?«

»*Non-sens!*«, antwortet Naomi auf Französisch und wiederholt es auf Deutsch. »Quatsch! Aber in eine Garage.«

Ich brauche einen Moment, um zu begreifen, was sie meint. Dann dämmert es mir.

»Natürlich! Los, kommt!«

Wir laufen rüber in die kleine Seitenstraße, wo die Limousine wie vom Erdboden verschluckt wurde. Und tatsächlich landen wir vor einem alten Garagentor, das sich nicht elektrisch nach oben, sondern als Doppeltür zu beiden Seiten per Hand öffnen und schließen lässt. Ich rüttle daran. Natürlich verschlossen.

Ich drehe mich um, ob es nicht doch noch eine andere Möglichkeit gibt, wo das Auto abgeblieben sein könnte.

Nein, es gibt keine. Es kann nur hier durchs Tor gefahren worden sein. Aber wieso? Ich meine, wieso erst jetzt? Fünf Stunden stand der Wagen auf der Straße. Weshalb wurde er erst jetzt hier hineingefahren?

Ich habe keine Ahnung. Aber allein dieses Rätsel genügt, um nachzusehen.

»Wir müssen dort hinein«, sage ich.

»Ja, finde ich auch«, stimmt Naomi mir zu. »Aber wir sollten das Tor nicht aufbrechen. Zumindest nicht sofort. Der Wagen ist ja erst gerade eben hineingefahren. Also könnte hinter dem Tor noch jemand sein, der uns entdecken würde.«

»Aber genau deshalb müssen wir uns beeilen«, entgegne ich. »Nur solange noch jemand da ist, können wir herausfinden, was die dort auf der anderen Seite tun. Uns bleibt keine Wahl.«

Ich schaue mich um – und entdecke eine Lösung. Das

Tor ist etwa 3,50 Meter hoch. Darüber bleiben noch etwa fünfzig Zentimeter Luft, bis der Torbogen des Hauses beginnt. Genug Platz also, um dort durchzuklettern.

»Oben drüber«, entscheide ich.

»Okay, ich geb' dir Hilfe«, bietet sich Charles an. Und legt sofort seine Hände zusammen, als Stufe, in die ich meinen rechten Fuß setze. Charles drückt mich hoch, ich finde mit den Händen Halt an einem kleinen Vorsprung in der Tür. Wie beim Freeclimbing ziehe ich mich mit den Fingerspitzen weiter hoch, bis ich eben so über das Tor in den Innenhof spähen kann. Niemand zu sehen. Nur die Limousine steht tatsächlich da.

»Alles okay«, flüstere ich zu den anderen beiden hinunter.

Ich hangle mich über das Tor hinweg, sitze oben auf der Torkante, will das andere Bein noch rüberziehen …

In dem Moment fängt das Tor an, sich mit einem lauten Surren zu bewegen. Verdammt! Von wegen »altes Tor«; es öffnet sich *doch* automatisch! Wenn es sich jetzt aber öffnet, dann bedeutet das, dass jede Minute jemand kommt, der rauswill. Und der wird mich sehen.

Schnell also schwinge ich mich ganz über die Kante, halte mich weiter fest, sodass ich – an seiner Innenseite hängend – mitsamt dem Tor aufschwinge. Ich sehe, wie die Wand des Torbogens immer näher kommt, und kann nur beten, dass ich nicht zerquetscht werde. Rechtzeitig aber stoppt das Tor. Ich hänge zwischen ihm und der Wand, bin aber wenigstens vom Hof aus nicht mehr zu sehen. Allerdings sehe ich auch nicht mehr, was auf dem Hof geschieht. Ich höre nur, wie plötzlich eine Haustür geöffnet wird, wieder zuklappt, eine Autotür aufgezogen und kurz darauf zugeschlagen wird, der Motor startet und die Limousine vom Innenhof fährt.

Kaum ist sie um die Ecke gebogen, schließt sich das Tor wieder, während ich immer noch an ihm hänge. Schnell springe ich ab, hechte zurück und presse mich gegen die Wand. Ich schaffe es nicht mehr, hinaus auf die Straße zu laufen, bevor das Tor sich vollständig schließt. Mir bleibt nur, mich hinzuhocken und so klein wie möglich zu machen. Ich schaue mich um. Bestimmt wurde ich längst entdeckt. Das kann gar nicht anders sein! Aber ich sehe niemanden und auch nichts, was mir gefährlich werden könnte; nicht einmal Überwachungskameras. Äußerst ungewöhnlich.

Okay, dann nutze ich diesen glücklichen Zufall. In gebückter Haltung husche ich hinüber zur Eingangstür, aus der der Fahrer gekommen sein muss, der eben mit dem Wagen davongefahren ist.

Durch die geschlossene Tür hindurch höre ich nichts. Scheint niemand da zu sein.

Soll ich sie öffnen?

In der Etage über mir steht ein Fenster offen. Die Fassade ist mit einigen kleinen Simsen und Vorsprüngen verziert, ideal zum Hinaufklettern. Für mich ein Kinderspiel. Im Klettern war ich schon immer besonders gut. Da ich annehme, dass auch die Türen, die vom Treppenhaus abgehen, verschlossen sind, scheint es mir weniger aufwendig und unauffälliger zu sein, schnell zum Fenster hochzuklettern.

Ich hangle mich an der Fassade hinauf und linse im ersten Stock durchs Fenster eines kleinen, leeren Büros. Ein paar geübte Handgriffe genügen, um das Fenster auszuhebeln und ins Büro einzusteigen.

Aber kaum bin ich drinnen, höre ich jemanden kommen.

Scheiße!

Gerade noch eben so, bevor die Tür aufgeht, kann ich mich hinter ihr verstecken.

Ich bin bereit, auf den Eindringling loszugehen, wer immer es auch ist. Denn wenn er jetzt die Tür hinter sich schließt, wird er mich sehen.

Ich halte den Atem an und mich zum Überraschungsangriff bereit. Doch …

… die Tür bleibt offen und gibt mir Schutz.

Jemand – ich kann nicht sehen, wer – stellt einen Aktenkoffer ab, verlässt den Raum wieder und schließt die Tür von außen ab.

Ich bin unentdeckt geblieben. Und höre, wie sich die Schritte entfernen.

Ein bisschen warte ich noch.

Dann schnappe ich mir den Koffer.

Auch er ist abgeschlossen, doch das ist kein Problem für mich. Mit Hilfe meines Miniatur-Öffner-Sets habe ich die Schlösser im Nu geknackt. Ich klappe den Deckel hoch und – nicht schlecht! Im Aktenkoffer liegen vier Stapel mit jeweils einigen Geldbündeln übereinander: ausschließlich Fünfhundert-Euro-Noten. Scheint echtes Geld zu sein. Und zwar, wenn ich das so überschlage, eine Million Euro. Außerdem liegen noch einige Frachtpapiere dabei. Für »medizinisches Gerät«, lese ich. Über viele Seiten einzeln aufgelistet. Insgesamt wohl eine Ladung von rund achtzig Kisten. Sowohl der Name des Frachters als auch der Zeitpunkt, wann er beladen wird und auslaufen soll, ist in den Papieren festgehalten.

Bingo! Da bin ich wohl auf einen Sechser im Lotto gestoßen. Der Frachter heißt *Annemarie* und soll übermorgen früh um sechs Uhr auslaufen.

Ich fotografiere die Frachtpapiere mit meinem Smartphone. Dann leere ich den Koffer komplett aus und trenne mit einem spitzen scharfen Messer ein Stück Naht des Innenfutters auf. Neben meinen GPS-Chips habe ich noch die Abhörwanzen in der Hosentasche. Eine davon befestige ich unter dem Futter, das ich mit einem Tropfen Kleber wieder befestige.

Ich muss gestehen: Wenn man eine Million Euro so vor sich liegen sieht, ist das schon eine echte Versuchung. Zumal es sich um illegales Geld handelt, sonst würde man es nicht so in einer Nacht- und Nebelaktion im Koffer übergeben. Mit anderen Worten: Ich könnte den Koffer jetzt mitnehmen, und niemand würde der Polizei einen Diebstahl melden. Ich würde nur ein paar sehr wütende Gangster zurücklassen, die wohl alles vermuten würden, aber nicht, dass ihr Geld von einem Kinderagenten gestohlen wurde.

Ich verwerfe den Gedanken aber schnell wieder. Ich bin Agent, kein Dieb!

Schnell packe ich das Geld wieder in den Koffer zurück, ziehe eine Dose mit einem speziellen Pulver aus meinem Rucksack und bestäube die Scheine damit, wobei ich sorgsam darauf achte, die ersten vier, fünf Scheine eines jeden Stapels unversehrt zu lassen. Es ist ein fast unsichtbares, sogenanntes forensisches UV-Pulver, mit dem ich die Scheine markiere. Bei Tageslicht so gut wie unsichtbar. Bei Bestrahlung mit UV-Licht, also einer Schwarzlichtlampe zum Beispiel, leuchtet das Geld grellgrün, ebenso wie die Hände, die mit den Geldscheinen in Berührung kommen. Somit könnte man später im Bedarfsfall genau nachweisen, wer das Geld bekommen hat beziehungsweise es in den Händen hatte.

Jetzt packe ich auch die Frachtbriefe zurück, schließe den Koffer wieder und stelle ihn exakt zurück an die Stelle, an der er eben abgestellt worden war. Wer immer das Geld in Empfang nimmt: Ich kann ihn nun über mein Smartphone orten, abhören, und wenn der Empfänger das Geld entgegennimmt, ist der sogar markiert.

Auf dem Smartphone sehe ich, wohin die Limousine fährt, die wir aus den Augen verloren haben: zurück zur Villa von Shionas Vater. Interessant. Dann gehört der Wagen vermutlich ihm. Offenbar diente die Fahrt nur dazu, diesen Koffer hier abzugeben. Kein Wunder, dass in all den Stunden unserer Observation nichts passierte. Der Fahrer war gar nicht mehr da! Der Wagen wurde lediglich hier geparkt und als »Briefkasten« benutzt. Im Kofferraum befand sich der Koffer mit den Papieren und der Million. Nachdem die Limousine mehrere Stunden dort gestanden hat, kam jemand – offenbar mit einem Zweitschlüssel des Wagens –, fuhr den Wagen in den Hof, gab den Koffer ab, den jemand ins Büro stellte und fuhr den Wagen wieder zurück zur Villa. Wie es scheint, eine Bezahlaktion ohne persönlichen Kontakt. Ich nehme an, der Auftraggeber der Fracht ist Shionas Vater, der eine Million Euro in bar dafür zahlt, dass seine Fracht von jemandem verschifft wird. Eigentlich ein ganz normales Geschäft, wäre die Geldübergabe nicht so mysteriös und würde es sich nicht um eine Million Euro handeln. Denn: eine Million Euro »Frachtgebühr«? Unwahrscheinlich für »medizinische Geräte«. Der Transport selbst kostet offiziell sicher sehr viel weniger, die Ware allerdings ist vermutlich sehr viel mehr wert und – wie ich annehme – auch deutlich gefährlicher als »medizinische Geräte.« Und – so vermutet die Zentrale ja – Shionas Vater ist nur der Organisator der Fracht, Verkäufer der illegalen Ware aber dürfte der Boss sein.

Ich fasse für mich noch mal zusammen: Der Boss verkauft illegale Ware. Wer der Käufer ist, wissen wir noch nicht. Aber offenbar jemand, der die Ware in Paris entgegennehmen soll. Shionas Vater organisiert diesen Transport, indem er für eine Million Euro wohl ein Schiff anheuert, das die Ware zum Zielort bringt. Auf jeden Fall eine große Sache. Ein Verbrechen, organisiert wie ein Industriebetrieb.

Wir müssen auf jeden Fall dranbleiben!

Nur vorher muss ich hier unbemerkt wieder rauskommen. Ich könnte die Tür aufbrechen und ganz normal durch den Flur und den Ausgang das Haus verlassen. Aber das ist nun wieder ein Nachteil von uns Kinderagenten. Wir können uns nicht als normale Büroangestellte, Fensterputzer oder Ähnliches tarnen, weil wir eben Kinder sind. Im gesamten Gebäude wird es bestimmt kein einziges Kind geben. Also klettere ich lieber wieder aus dem Fenster. Aber hab ich ein zweites Mal so viel Glück, dass mich niemand sieht?

Draußen ist es mittlerweile dunkel, aber der Hof ist gut ausgeleuchtet. In einzelnen Fenstern brennt noch immer Licht. Arbeiten hier noch Leute? Oder ist ein Sicherheitsdienst unterwegs? Oder die Putzkolonne einer Reinigungsfirma?

Es steht kein Auto auf dem Hof, und draußen auf der Straße war uns auch keines aufgefallen, das hier zu irgendjemandem im Haus gehören könnte. Aber irgendwer ist noch hier. Mindestens derjenige, der den Koffer in Empfang genommen und eben hier im Büro abgestellt hat.

Und wieso stellt jemand einen Koffer mit einer Million Euro einfach so in einem Büroraum ab, statt ihn in einen Safe einzuschließen oder mit nach Hause zu nehmen? Heißt das, dass jeden Moment einer kommt, um den Koffer zu holen?

Gut möglich. Ich muss von hier fort!

Ich schicke eine Nachricht an Naomi:

Komme jetzt zurück
Wo seid ihr?

Vor der Tür

Ich vergewissere mich bei ihr, ob dort draußen alles okay ist. Hier drinnen auf dem Hof kann ich von meinem Fenster aus niemanden sehen.

Ich warte nicht länger und klettere los.

Kaum hänge ich draußen am Fenstersims, geht unten die Haustür auf.

Mist!

Zurück kann ich nicht mehr. Die Bewegung wäre zu auffällig. Runterspringen geht natürlich erst recht nicht. Irgendetwas, wohinter ich mich verkriechen könnte, gibt es auch nicht. Ich kann mich nur still verhalten und hoffen, dass niemand hinaufblickt. Ich erinnere mich kurz an meine Flucht unter dem Gitterrost: Mein Glück war, dass niemand, der jemanden sucht, auf den Boden guckt. Diese beiden Männer, die jetzt aus dem Haus kommen, *suchen* niemanden. Deshalb haben sie keinen Grund, *hoch*zuschauen.

Aber sie gehen auch nicht weiter, sondern stellen sich links und rechts vom Hauseingang auf und bleiben dort stehen wie zwei Eingangsstatuen oder zwei Wächter. Und genau das sind sie wohl auch: Sie erwarten jemanden.

Oh verdammt! Und ich hänge hier über ihnen an der Wand, halte mich lediglich mit den Fingerspitzen an einem Mauersims fest. Meine Füße finden keinen Halt. Mein gesamtes Körpergewicht hängt an meinen Fingern. Lange halte ich das nicht aus. Die Finger der linken Hand beginnen schon zu schmerzen. Ich kann nur hoffen, dass derjenige, der erwartet wird, recht bald kommt.

Ich habe Glück. Schon öffnet sich wieder das automatische Doppeltor. Eine Limousine fährt herein, eine andere als vorhin. Zwar dieselbe Marke, aber dieser Wagen hier ist schneeweiß, mit dunkelgetönten Scheiben. Das Auto hält, das Tor schließt sich. Der Fahrer steigt aus. Vielleicht ein Chauffeur, während sein Chef hinten im Wagen wartet?

Ohne zu grüßen oder mit ihnen zu sprechen, geht der Fahrer zwischen den Wächtern hindurch ins Haus. Nur eine knappe Minute später scheint Licht aus dem Fenster, unter dem ich an der Wand hänge. Durch das Licht bin ich jetzt noch besser zu sehen. Vorausgesetzt, jemand würde hier hinaufschauen.

Im linken Mittelfinger meldet sich ein Krampf.

Ich könnte aufschreien vor Schmerz, tu ich aber natürlich nicht. Ich beiße im wahrsten Sinne die Zähne zusammen, presse meine Lippen aufeinander, löse den Mittelfinger aus der Anspannung, halte mich links jetzt nur noch mit vier Fingern. Ich versuche, den Mittelfinger zu bewegen, was nicht ausreichend gelingt, um den Krampf zu lösen. Es hilft nichts. Ich lasse die linke Hand los, hänge nun wie ein Schimpanse nur noch mit einer Hand an der Wand. Schüttle die linke Hand, bewege und lockere die Finger, presse den Mittelfinger auf meine Hüfte, um den Krampf zu lösen.

Es gelingt! Der Schmerz lässt nach. Gott sei Dank.

Das Licht über mir erlischt. Offenbar hat der Fahrer den Koffer. Gut so!

Ich warte ab.

Jetzt erscheint der Fahrer wieder am Auto. Er öffnet die hintere Tür, reicht den Koffer herein, steigt vorn ein, startet den Wagen, wendet. Das Tor öffnet sich, der Wagen fährt raus. Die Wächter gehen zurück ins Haus.

Ich bin allein.

Ich kann runterklettern und abhauen. Und: Dort unten in der weißen Limousine hat offenbar derjenige das Geld in Empfang genommen, der die Ware per Schiff transportiert. Vielleicht der Kapitän? Der Schiffsreeder? Wer auch immer, solange er das Geld bei sich hat, trägt er eine Abhörwanze mit sich herum.

BÖSE ÜBERRASCHUNG

Weniger erfreulich ist mein Empfang zu Hause. Es ist nicht ungewöhnlich, dass ich spät oder gar nicht nach Hause komme. Meine Eltern warten deshalb nie auf mich. Sie selbst gehen eigentlich immer zeitig zu Bett. Aber egal, ob ich ganz normal zur Schule gehe, oder irgendwo auswärts, vielleicht sogar im Ausland, für längere Zeit im Einsatz bin, täglich stellen mir meine Eltern etwas zu essen in die Küche. Komme ich nicht nach Haus, essen sie es selbst am nächsten Tag. Das finde ich unglaublich nett und rührend von ihnen. Und viele Male bin ich schon sehr froh gewesen, wenn ich übermüdet, manchmal sogar verletzt, auf jeden Fall meist hungrig und durstig nach Hause gekommen bin und etwas liebevoll Zubereitetes auf dem Küchentisch oder dem Herd vorfand. Nur an diesem Abend steht da nichts. Dabei hängt mir der Magen in den Kniekehlen. Statt etwas Leckeres zu essen auf dem Herd, sitzen meine Eltern am Küchentisch und machen finstere Gesichter. Ich erkenne sofort, dass sie auf mich gewartet haben.

Der Küchentisch ist freigeräumt, bis auf einen bedruckten DIN-A4-Zettel, der vor ihnen liegt. Ein Brief.

»Was ist los?«, frage ich.

Mein Vater schiebt mir den Zettel hin. »Lies!«

Vermutlich ein Schreiben aus der Schule, obwohl ich mir nicht vorstellen kann, wieso …? Dann erkenne ich den Briefkopf. Der Brief ist vom Vermieter, der darin ankündigt, dass er meinen Eltern – also uns – die Wohnung kündigen will.

WAS?

Das … geht doch gar nicht, weil …

Genau das sagt mein Vater nun auch. »Das geht doch gar nicht. Ich denke, der Geheimdienst hat geklärt, dass du hier wohnen sollst!«

Ganz so ist es leider nicht. Der Geheimdienst zahlt meinen Eltern zwar die Miete, und er hat auch mein Zimmer eingerichtet, oder besser gesagt: verkabelt, mit der neuesten Geheimtechnik ausgestattet, abhörsicher gemacht und so weiter. Aber den Mietvertrag haben meine Eltern abgeschlossen, und zwar schon lange, bevor ich Agent geworden bin. Auch müssen meine Eltern die Miete überweisen und …

»Sagt mal …«, frage ich. »Ihr habt doch die Miete regelmäßig überwiesen? Denn hier steht etwas von drei Jahren Mietrückständen! Drei Jahre!«

Ganz nebenbei: Das ist genau so lange, wie ich Agent bin. Also fast. Vor dreieinhalb Jahren habe ich meine Ausbildung begonnen, vor einem halben Jahr abgeschlossen. »Wieso?«, fragt meine Mutter ernsthaft. »Die Miete zahlt doch der Geheimdienst!«

»Er zahlt sie *euch*!«, erkläre ich meiner Mutter noch einmal. Zum wievielten Male eigentlich? »Ihr bekommt das Geld auf *euer* Konto überwiesen. Damit sollt *ihr* dann die Miete zahlen!«

»Ja?«, fragt meine Mutter und sieht unschuldig meinen Vater an. Dann wendet sie sich wieder an mich. »Wir haben nichts bekommen.«

»Aber natürlich!«, widerspreche ich. »Absender: Onkel Thomas aus Washington, USA. Papas Bruder.«

»Ja«, sagt mein Vater. »Darüber freuen wir uns auch immer sehr. Aber was hat das mit dem Geheimdienst zu tun?«

»Papa!«, gehe ich meinen Vater nun etwas lauter an, als ich es eigentlich will. »Du hast doch gar keinen Bruder!«

»Nein«, sagt er. Doch dann zweifelt er. »Nein? Aber wer überweist dann das Geld? Ich dachte, ich hätte einen Bruder, den ich noch nie kennengelernt habe. Du weißt doch, dass mein Vater damals abgehauen ist und …«

»Papa! Du hast in Wahrheit keinen Bruder!«, erkläre ich ihm. »Aber die können euch ja schlecht als Geheimdienst das Geld überweisen, weil … es dann eben nicht mehr geheim wäre. Deshalb gibt es zur Tarnung diesen erfundenen Bruder, der euch das Geld schickt, für die Miete und so weiter. Ihr habt also nie eure Miete bezahlt?«

Meine Eltern sehen sich ratlos an.

»Oh Mann!«, stöhne ich. »Und wo ist das Geld jetzt? Alles noch auf eurem Konto?«

Sie brauchen nicht zu antworten. Ich erkenne die Antwort an ihren Gesichtern. Mein Vater antwortet trotzdem: »Unser Konto ist leer.«

Ich fasse es nicht.

»Wie kann denn das sein? Ich kümmere mich drum«, sage ich schnell.

Ich habe zwar keine Ahnung, wie ich das tun soll, aber ich weiß, meine Eltern können und werden das nicht regeln. Und ich darf diese Wohnung auf keinen Fall verlieren. Der Prof und der Geheimdienst werden mir die Hölle heiß machen. Wie soll ich denen erklären, dass sie die Miete von drei Jahren noch mal zahlen müssen?

Ich habe keine Ahnung.

Ich gehe in mein Zimmer, würde mich gern aufs Bett fallen lassen und darüber nachdenken, wie ich die Wohnungskündigung verhindern soll, doch zuvor aktiviere ich den Ronaldo an meiner Wand und habe Verbindung zum Prof. Ich schildere ihm, was wir herausbekommen haben.

»Gut«, sagt der Prof.

Eigentlich könnte man glauben, der Fall sei erledigt: Der Geheimdienst schickt das SEK übermorgen um sechs zum Hafen, wenn die illegale Fracht verladen werden soll, nimmt alle Beteiligten fest, und gut ist.

Aber so einfach ist es nicht. Natürlich nicht.

Obwohl ich es bereits weiß, erklärt der Prof es mir noch mal: Erstens könnte die Fracht Tarnung sein und tatsächlich medizinisches Gerät enthalten, und dann würde die Polizei dumm dastehen. Zweitens nützt es dem Geheimdienst gar nichts, wenn er die Fracht beschlagnahmt, aber die Hintermänner nicht zu fassen bekommt, also Shionas Vater und vor allem den Boss.

Schon klar. Wir bleiben also bei dem Plan, den ich bereits mit Naomi und Charles besprochen habe, bevor wir uns getrennt hatten: Wir werden bei der Beladung des Schiffs dabei sein, übermorgen um sechs Uhr am Hafen. Bis dahin: normale Übungsstunde mit der neuen Band bei Shiona, um zu sehen, ob sich im Haus ihres Vaters etwas tut.

»Sonst noch etwas?«, fragt der Prof.

»Nein. Alles klar«, antworte ich. Von der Kündigung der Wohnung erzähle ich erst einmal nichts, solange ich selbst keine Idee habe, wie man das regeln könnte.

Doch schon am nächsten Morgen fällt mir das Problem sofort wieder vor die Füße. Und zwar in Form von Gonzo. Der ist nämlich ungünstigerweise ausgerechnet der Neffe unseres Hausmeisters. Also nicht des Hausmeisters der Schule, sondern unseres Wohnblocks. Und sein Onkel ist offenbar sehr redselig. Denn kaum betrete ich das Schulgelände, eilt Gonzo auf mich zu und brüllt über den halben Schulhof, dass unsere »asoziale Familie« endlich aus der Wohnung fliegt und wir als »Abschaum« sowieso nicht in den Stadtteil passen würden und so weiter. Normalerweise würde mich sein Geschwätz nicht stören, aber als Agent kann ich es nicht zulassen: weder, dass ich so sehr in den Mittelpunkt des Interesses gerate, noch, dass wir wirklich unsere Wohnung verlieren. Und schon gar nicht, das irgendetwas, was unsere Familie angeht, über den Hausmeister in die Welt hinausgetratscht wird. Gonzo steht breit grinsend vor mir und genießt es, mich vor allen Mitschülern, die mehr und mehr werden und sich um uns versammeln, niederzumachen. Ich schaue Gonzo regungslos an, überlege, was ich tun soll.

Plötzlich habe ich eine Idee und gehe.

»Ey, Bratzbirne!«, brüllt er mir nach. »Unter welcher Brücke willst du denn demnächst schlafen? Sag's mir, dann pisse ich dort noch mal ordentlich hin!«

Gonzo grölt am lautesten über seinen eigenen derben Scherz ab. Ein paar Hirntote aus seinem Umkreis kichern. Ich achte nicht mehr drauf, denn ich weiß, was ich zu tun habe.

Nur Zehra kommt plötzlich auf mich zugelaufen. Sie wohnt ja nur ein Haus weiter und geht in meine Parallelklasse.

»Hey, Billy!«, ruft sie mir mit besorgter Miene zu. »Stimmt das? Ihr müsst aus der Wohnung raus?«

»Nein«, widerspreche ich. »Ich … äh … ich meine, wir regeln das. Keine Sorge.«

»Würde ich echt schade finden«, sagt sie. Dreht sich um und geht davon.

»Danke!«, rufe ich ihr hinterher. Wirklich nett. Ich wusste nicht, dass sie mich so mag.

Während ich ihr nachschaue, kommt mir eine kleine, aber effektive Idee.

»Zehra! Warte mal!« Ich laufe zu ihr und bitte sie, mich bei den Lehrern für heute zu entschuldigen. Zehra geht zwar nur in meine Parallelklasse, aber sie ist die Einzige, der ich so halbwegs vertraue.

»Ich hab leichtes Fieber«, schwindle ich.

Zehra nickt mir freundlich zu. »Mache ich gern. Gute Besserung.«

Wir verabschieden uns, und ich will gerade gehen, als Zehra noch sagt: »Ach, übrigens: Halt dich von Murat eine Weile fern. Der ist noch sauer wegen gestern.«

»Danke für den Tipp!« Murat ist im Moment wirklich mein kleinstes Problem. Im Gegenteil: Er gehört zu meinem Plan, ein aktuell *wirkliches* Problem zu lösen.

Ich verschwinde aus der Schule und begebe mich direkt nach Hause. Also, zumindest zu unserem Wohnblock. Denn ich weiß, dass unser Hausmeister, also Gonzos Onkel, der offenbar sehr erpicht darauf ist, meine Eltern aus der Wohnung zu werfen, um diese Uhrzeit entweder die Rasenflächen in der Siedlung mäht oder bei den Mietern kleinere Reparaturen durchführt. Jedenfalls ist er nicht in seinem Büro, die Sprechzeit beginnt erst in zwei Stunden, und auch nicht zu Hause, denn es ist Arbeitszeit.

Ich nutze diese Zeit, um sowohl in seinem Büro als auch in seiner Wohnung jeweils eine kleine Abhörwanze zu installieren. Ich gebe zu, es ist nicht erlaubt, die Abhörtechnik des Geheimdienstes für private Zwecke zu nutzen. Aber bitte: Wenn uns die Wohnung gekündigt wird, ist das keineswegs mehr »privat«, sondern ein Problem für mich als Agent und damit auch für den Geheimdienst.

Ins Büro des Hausmeisters einzusteigen, ist für einen wie mich wirklich ein Kinderspiel. Auf seinem Schreibtisch steht ein kleiner Bilderrahmen mit einem Bild von … nein, nicht seiner Frau, sondern von seinem Hund! Ein schwarzer Pudel namens Puschel. Na ja … ich heiße Billy, ist auch nicht viel besser. Da Hausmeister Frank seinen Puschel über alles liebt, wird er sicher auch das Bild nie von seinem Schreibtisch nehmen. Ein ideales Versteck für meine Abhörwanze.

Die zweite Wanze kommt in seine Wohnung. Ich warte auf der anderen Straßenseite ab, bis ich sehe, wie Frau Frank, die Ehefrau des Hausmeisters, die Wohnung verlässt. Vermutlich zum Einkauf. Blitzartig bin ich drüben, habe die Tür zur Erdgeschosswohnung schnell geöffnet und platziere die Wanze – nicht im Wohnzimmer, da läuft vermutlich den ganzen Abend der Fernseher, sondern in der Küche. Nach fünf Minuten ist auch dies erledigt. Jetzt kann ich mich jederzeit darüber informieren, was der Hausmeister mit dem Vermieter bespricht oder was er selbst vorhat, um meine Eltern aus der Wohnung zu vertreiben.

Nun muss ich nur noch das Geld für die Mietschulden auftreiben. Natürlich könnte ich das von meinem gebunkerten Gehaltskonto nehmen, aber dann müsste ich der

Zentrale die Mietschulden meiner Eltern beichten, das will ich nicht. Also muss ich es von woanders besorgen. Und ich habe auch schon eine gewisse Idee, woher ich es bekommen kann.

Auf dem Weg läuft mir Murat über den Weg. Das passt gut. Entgegen Zehras Rat weiche ich ihm nicht aus, sondern gehe direkt auf ihn zu. Als er mich sieht, verzieht er sein Gesicht zu einer grimmigen Miene. Ein bisschen wie ein wild gewordener Stier neigt er seinen Kopf vornüber, als besäße er Hörner, und stampft auf mich zu.

»Ey, Digger!«, schnauft er und will wohl gerade loslegen, mich zu beschimpfen.

»Hi, Murat!«, begrüße ich ihn und mache ein sorgenvolles Gesicht. »Wie geht's Zehra? Ich hoffe, sie nimmt es sich nicht so zu Herzen?«

Murat stutzt. »Hä? Was?«

»Weißt du's nicht? Gonzo zieht doch schon seit Tagen über deine Schwester her. Voll das Mobbing, sag ich dir. Aber ich glaube, Zehra geht ganz gut damit um.«

Murat zieht die Augenrauen hoch. Er hat vollkommen vergessen, was er eigentlich von mir wollte. »Wer ist Gonzo?«

»Kennst du nicht?« Ich stelle mich sehr verwundert. »Der Neffe vom alten Frank, unserem Hausmeister. Der geht doch in meine Klasse, also Zehras Parallelklasse. Deshalb bekommt Zehra wohl gar nicht alles mit, was Gonzo so über sie ablässt.«

»Hä? Was denn, Digger?«, fragt Murat. Seine anschwellende Halsschlagader zeigt, wie wütend er ist, allein schon beim Gedanken, dass jemand seiner Schwester schadet.

»Na«, sage ich, »das möchte ich jetzt nicht alles wiederholen. Aber es ist schon ziemlich krass. Die meisten glauben ihm ja eh nicht. Aber einige … ich weiß nicht. Jedenfalls hat Gonzo sich wohl echt deine Schwester ausgeguckt, um sie fertigzumachen. Ich würde da ja gern helfen, aber ich weiß nicht so recht, wie …«

Ich zeige auf mich, als wäre ich der größte Schwächling in der Gegend, was Murat ja ohnehin von mir glaubt.

»Wieso erzählst du mir das erst jetzt?«, fragt Murat.

Ich zucke mit den Schultern. »Ich hab's selbst erst vor Kurzem mitbekommen«, sage ich. »Übrigens: Gonzo hat heute um zwei Schulschluss, falls du das wissen wolltest.«

Murat schaut auf seine Armbanduhr, nickt. Und dann: »Woran erkenne ich den?«

»Gonzo kennt jeder«, sage ich. »Frag einfach nach ihm.«

»Okay«, sagt Murat. Er bedankt sich und geht, ohne auch nur noch für eine Sekunde daran zu denken, dass er eigentlich auf mich losgehen wollte.

Dafür bekommt Gonzo heute Mittag ein gehöriges Problem. Okay, das war jetzt nicht ganz fair, Zehra als Mobbingopfer darzustellen. Aber zum Glück hat sie damit in Wirklichkeit keine Probleme, und überhaupt: Wenn es in unserem Jahrgang tatsächlich ein Mobbingopfer gibt, dann bin ich es. Aber ich lege es zu meiner Tarnung ja sogar drauf an. Und Gonzo hat nichts Besseres verdient, denn wenn wirklich einer andere Mitschüler mobbt, dann er. Insofern ist *doch* alles fair, beschließe ich. Außerdem gehören Schwindeleien, Gerüchte zu streuen, Intrigen zu spinnen und Verwirrung zu stiften zum Job eines jeden guten Agenten. Auch darin hatten wir auf der Agentenakademie tatsächlich Unterricht. In diesem Fach war ich einer der Besten.

Ich hake diese Geschichte also zunächst mal ab und widme mich meiner nächsten Aufgabe: die Bandprobe. Heute Morgen um zehn. Das schaffe ich sogar noch pünktlich. Danach kann ich mich dann um die Mietschulden kümmern.

Nach Hause gehe ich nicht mehr, denn ich will nicht, dass meine Eltern mitbekommen, dass ich heute die Schule schwänze, und natürlich schon gar nicht, dass ich unseren Hausmeister abhöre. Ich muss mich aber mit solchem Alltagsärger herumschlagen, denn auch das haben wir in der Agentenschule gelernt: Die größte Gefahr, enttarnt zu werden, besteht nicht durch die Feinde, die man beschattet und bekämpft und bei denen man sich sogar undercover einschleicht. Nein, die größte Gefahr sind Nachbarn, Mitschüler, Verwandte, kurzum: Menschen, denen man ganz normal im Alltag begegnet und denen gegenüber man sich entweder verplappert oder die durch zunächst scheinbar harmlose Ereignisse plötzlich auf die Agententätigkeit stoßen, wie die Dummheit meiner

Eltern, die Miete nicht zu zahlen. Oder Gonzos Versuche, mich zu mobben und mir zu schaden. Wer weiß, eines Tages kommt er vielleicht auf den Gedanken, mir nachzustellen. Einfach so, und dabei bemerkt er dann, was ich eigentlich so tue in meiner Freizeit. Solche Gefahren also muss man schon von Anfang an bekämpfen und möglichst ausschließen. Da kann es sehr hilfreich sein, wenn Gonzo heute Mittag von Murat was aufs Maul bekommt und Murat mir dadurch – ohne es zu wissen – ein Stück weit diesen Gonzo vom Hals hält.

Die Bandprobe beginnt mit einer echten Überraschung.

Am Eingangstor werden Naomi, Charles und ich zwar noch durchgelassen, doch an der Haustür der Villa erwartet uns bereits der Koloss und teilt uns mit, dass die Bandprobe ausfalle, weil Shiona nicht im Hause sei.

»Nicht im Haus?«, frage ich nach. »Wo ist sie denn?«

»Verreist!«, antwortet der Koloss kurz angebunden.

Ich sehe dem Wächter tief in die Augen. Denn für einen Moment frage ich mich, ob er etwa ahnt, wen er hier vor sich hat. Weswegen ist er sonst so kurz angebunden? Doch dann verwerfe ich den Gedanken schnell wieder. Niemand kommt auf die Idee, dass Kinder Agenten sein könnten, nicht mal der hartgesottenste Kriminelle.

Oder?

Vermutlich ist er einfach immer so mürrisch und wortkarg.

»Wohin denn?«, frage ich.

»Sie wird in einigen Tagen wieder da sein und sich bei

euch melden, soll ich euch ausrichten«, sagt der Koloss. »Tschüs!« Und schließt die Tür.

Wir drei sehen uns ratlos an. Was hat das zu bedeuten?

Nachdem wir uns etwas vom Haus entfernt haben, sagt Naomi: »Ich rufe Shiona einfach an.«

Gute Idee. Das würden normale, harmlose Kinder jetzt auch tun.

Naomi wählt die Nummer, und zu unser aller Überraschung geht Shiona sofort ran und sprudelt auch gleich los: »Naomi! Sorry! Seid ihr bei mir? Mein Vater muss nach Paris und nimmt mich mit. Ist das nicht irre? Ich hatte kaum Zeit zu packen. Total aufregend, oder? Ich hatte gar keine Zeit, euch Bescheid zu geben. Tut mir echt leid. Aber wir sind schon unterwegs. Paris! Wow! Schade, dass du nicht da bist, Naomi, sonst könnten wir uns treffen. Du kommst doch aus Paris, oder? Und kennst dich aus. Uh, da hättest du mir die coolsten Läden zeigen können. Aber kannst du vielleicht auch so. Kannst du mir nicht ein paar Tipps schicken? Wo man so hingehen kann? Oder gut shoppen kann? Uhh, cool! Ich muss. Mein Vater ruft schon. Ciaoiii. Ich melde mich.«

Aufgelegt.

Entgeistert starrt Naomi auf ihr Smartphone. »Ich bin überhaupt nicht zu Wort gekommen!«

Auch Charles schüttelt nur verständnislos den Kopf. »Mann, ist das eine … wie heißt das in Deutsch?«

»Quasselstrippe«, sage ich.

Charles nickt. »Ein Wasserfall ist nichts dagegen. Blubberblubberdiblubb.«

»Das Entscheidende ist«, fasse ich zusammen: »Ihr Vater fliegt nach Paris. Und wohin wird laut der Frachtpapiere das angebliche medizinische Geräte verschifft?«

»Nach Paris«, antwortet Naomi.

»Eben«, sage ich. »Das heißt, ihr Vater will die Ankunft und die Übergabe der Geräte offenbar persönlich überwachen. Ich glaube nicht, dass er das tun würde, wenn es sich wirklich um medizinisches Gerät handeln würde.«

Naomi und Charles teilen meine Meinung.

»Ich denke, morgen in der Früh wir können an die Hafen die ganz dicke Fisch an Land ziehen«, sagt Charles.

Wir werden sehen.

Aber zuvor habe ich noch etwas zu erledigen. Ich verabschiede mich von den beiden und fahre mit der U-Bahn nach Hause.

In der Bahn sitze ich wie die meisten in meinem Alter mit Smartphone in der Hand und Kopfhörer im Ohr. Nur höre ich keine Musik, sondern das, was unser Hausmeister inzwischen in seinem Büro und zu Hause mit seiner Frau besprochen hat. Auf dem Display kann ich anhand eines Schallpegelmessers erkennen, wann in den Räumen gesprochen wurde, und entsprechend an die Stellen vorspulen. Auf diese Weise kann ich auch eine Datei, die über mehrere Stunden aufgenommen worden ist, relativ zügig auswerten.

Ich habe Glück. Tatsächlich finde ich etwas Brauchbares. Im Wohnblock ist nämlich letzten Monat eine Wohnung frei geworden. Klar, dass es bei der allgemeinen Wohnungsnot viele Bewerber gibt. Und ebenfalls klar, dass der Hausmeister durchaus einen Einfluss darauf hat, wer den Zuschlag erhält.

Und da höre ich doch tatsächlich, wie Gonzos Onkel abends seiner Frau in aller Ruhe erzählt, welche der Bewerber ihm, dem Hausmeister, das höchste Bestechungsgeld angeboten haben. Das ist ja ein Ding! Ein alleinstehender Geschäftsmann hat ihm zweitausend Euro geboten, wenn er die Wohnung bekommt.

»Ist doch prima!«, höre ich unseren Hausmeister auf der Abhördatei sagen. »Bares Geld für unseren Urlaub. Und kein Kindergeschrei aus der Wohnung.«

Jetzt begreife ich auch, weshalb Hausmeister Frank so erpicht darauf ist, meine Eltern aus der Wohnung zu werfen. Bewerben sich neue Mieter, kann er wieder abkassieren. Na warte! Da werde ich ihm schön einen Strich durch die Rechnung machen.

Ein Agent zu sein, hat doch so seine Vorteile. So habe ich ganz nebenbei, um die Kündigung meiner Eltern abzuwenden, gleich mal einen kleinen Bestechungsskandal aufgedeckt.

JAGD IM HAFEN

Viertel vor sechs. Morgens! Das ist nicht unbedingt meine Zeit. Die Aufregung vor diesem Einsatz hat mich zudem nur äußerst schlecht einschlafen lassen.

Zuvor habe ich Hausmeister Frank noch anonym per Mail aufgefordert, die Kündigung für meine Eltern zurückziehen zu lassen. Andernfalls würde ich seine Bestechlichkeit aufdecken gegenüber seinem Arbeitgeber, dem Vermieter. Ich denke, das wird erst einmal reichen. Das Geld für den Mietrückstand werde ich später dennoch auftreiben müssen. Aber auch da wird mir schon noch etwas einfallen.

Doch nun bin ich – mal wieder – todmüde. Zum Glück ist die Sonne längst aufgegangen und es ist schon hell. Erstaunlich, wie viele Menschen um diese frühe Zeit bereits unterwegs sind. Sogar Kaffee und frisch belegte Brötchen kann man an einzelnen Wohnwagen-Imbissständen schon kaufen. Ich hab nur zwei Schokoriegel auf dem Weg hierher gegessen. Nicht das Gesündeste, ich weiß, aber das ist nun wieder ein Vorteil, wenn man ein YOUNG AGENT ist: Man ist ganz für sich allein verantwortlich. Keine Eltern, die einem Vorschriften machen. Okay, das würden meine Eltern eh nicht machen. Nicht bei Schokoriegeln. Die haben nämlich gar keine Ahnung von gesunder Ernährung. Aber trotzdem... Ich esse im Großen und Ganzen schon eher gesund, schließlich muss ich als Agent auch körperlich fit sein. Aber um diese Uhrzeit kann ich noch nicht richtig frühstücken. Um halb fünf bin ich aufgestanden, um fünf Uhr habe ich den Bus genommen, Umstieg in die U-Bahn, um nun pünktlich hier zu erscheinen, was mir gerade so gelungen ist.

Zum Containerhafen ist es noch ein Stückchen weiter als zu den Landungsbrücken, wo die Touristenschiffe anlegen oder die Hafenrundfahrten abfahren. Ich musste also erst noch mit der Fähre übersetzen, gemeinsam mit einer ganzen Schicht von Hafenarbeitern, die nicht schlecht gestaunt haben, was ich als Zwölfjähriger um diese Uhrzeit wohl auf der kleinen Fähre zu suchen habe. Zur Tarnung hatte ich aber vorgesorgt, und bin – ausgestattet mit Schreibblock und Stift – auf einzelne Hafenarbeiter zugegangen und hab sie interviewt; angeblich für eine Projektarbeit in der Schule. Und habe dabei Glück gehabt. Zwei Arbeiter waren auf direktem Weg zur *Annemarie*, dem Frachter, den wir gleich unter die Lupe nehmen werden. Wenn mich dort jemand erwischt, habe ich schon meine Ausrede parat: Ich bin ein harmloser Schüler, der nur eine gute Schülerarbeit abliefern will.

Am Kai begrüßt Naomi mich. Sie sieht aus wie das blühende Leben.

»Ich bin rechtzeitig schlafen gegangen«, erläutert sie. »Das mache ich immer vor großen Einsätzen.«

Beneidenswert, wenn man dann auch einschlafen kann.

Auch Charles kommt wie aus dem Ei gepellt. Nur ich sehe völlig verpennt aus. Aber auch egal.

»Das Containerschiff liegt dort vorn.« Naomi zeigt auf einen Frachter.

Ich sehe den beiden Arbeitern hinterher. Der eine geht auf einen Kran zu, der andere direkt zur *Annemarie*. Der Kran ist riesengroß und steht breitbeinig auf gewaltigen Rädern über einem Bahngleis, auf dem ein Güterzug parkt.

»Das ist unsere Fracht«, sagt Naomi.

»Früher, it was sicher einfacher«, sagt Charles. »Seinerzeit man hat verladen die Kisten einzeln. It was good, sie zu brechen auf und zu gucken hinein. Heutzutage alles ist verpackt in die riesige Container. Es ist ein bisschen, wie sagt man, ein Ärgernis.«

»Das sind auch nur große Kisten«, antworte ich. Ich muss immer ein wenig schmunzeln, wenn Charles Deutsch spricht. Er hat gut gelernt, aber zum großen Teil mit Hilfe alter Lexika. Deshalb benutzt er oft Worte, die ich selten, lange nicht oder manchmal sogar noch nie gehört habe: *seinerzeit*, *heutzutage, Ärgernis* … Wie bei seinen Klamotten denkt man manchmal, man befindet sich in einem siebzig Jahre alten Film.

»Ich denke, wir sollten zu den hinteren Waggons des Güterzugs gehen. Dort haben wir genügend Zeit, die Container aufzubrechen und reinzuschauen. Am besten die letzten drei, jeder nimmt einen, okay?«

»Die Container sind verplombt«, teilt Charles uns mit.

Ich zucke nur mit den Schultern. »Und wenn schon. Ist mir egal, ob die merken, dass jemand dran gewesen ist. Hauptsache, wir wissen, was da verladen wird.«

Ebenso wie Naomi und Charles trage ich den kleinen Rucksack, in dem die nötigen Werkzeuge und so einiges an nützlichen Agentendingen, die wir gleich brauchen werden, verstaut sind.

»Also los«, gebe ich das Kommando. »Verlieren wir keine Zeit. Ich nehme den Drittletzten, ihr die dahinter.«

Eine Gruppe von drei Arbeitern, die weiter vorn am Güterzug steht, schaut zu uns herüber. Einen Moment zögere ich, doch dann erkenne ich, dass mindestens einer von ihnen mit auf der Fähre war und mitbekommen haben muss, dass ich angeblich für ein Schulprojekt hier unterwegs bin. Ich winke freundlich zu ihnen hinüber. Der von der Fähre winkt zurück. Vielleicht ist er sogar selbst Vater von schulpflichtigen Kindern.

»Alles klar«, teile ich Naomi und Charles mit. »Die halten uns für die Arbeitsgruppe eines Schulprojekts.«

»Na, eine Arbeitsgruppe sind wir ja auch«, kichert Naomi.

Wir gehen auf unsere Plätze. Zum Glück befinden sich

die Türen der Container jeweils an deren Stirnseite, das heißt, sie liegen nicht zur Seite, sondern sichtgeschützt zwischen den Waggons. Trotzdem schaue ich mich noch mal kurz um. Die drei Arbeiter sind mit ihrem Gespräch beschäftigt, andere sind im Moment nicht in Sichtweite. Also schnell rauf auf den Waggon, zur Tür des Containers, die nur mit einem dicken Vorhängeschloss gesichert ist, das ich in Nullkommanix geöffnet habe.

Noch ein prüfender Blick zu allen Seiten, die schwere Tür aufziehen und nix wie hinein. Die Tür ziehe ich hinter mir wieder zu, damit von außen niemand etwas merkt.

Der Container ist nur halb gefüllt mit Metallkisten, die fest verzurrt sind. Jede Einzelne ist auch wieder mit einem Vorhängeschloss gesichert, das für mich aber auch kein Problem darstellt. Nicht mehr als eine kleine, lästige Zeitverzögerung. Ich öffne die erste Kiste, hebe den Deckel an und sehe – nur Verpackungsmaterial, das ich beiseiteschiebe. Darunter kommen Metallteile in den verschiedensten Formen zum Vorschein; manche groß, andere kleiner, manche mit Gewinde, andere sehen eher aus wie Schraubzwingen oder Schrauben, andere wie Muttern. Das sind entweder Ersatzteile oder Maschinen, die restlos auseinandergebaut wurden. Kurzum: Es könnte sich tatsächlich um irgendwelche medizinischen Geräte handeln. Röntgengeräte vielleicht oder noch teurere, größere, für Kernspintomographie oder sonst was. Ich kenne so etwas auch nur aus dem Fernsehen und weiß gar nicht so richtig, wie solche Geräte zusammengebaut aussehen. Mist!

Der Prof hatte jedenfalls recht. Hier jetzt einen SEK-Einsatz zu starten, wäre völlig sinnlos, weil man gar nicht nachweisen könnte, dass es sich nicht um medizinisches Gerät handelt. Sind wir vielleicht auf der völlig falschen Spur?

Ich klappe den Deckel der Metallkiste wieder zu. Vielleicht sollte ich erst mal nachfragen, was Naomi und Charles entdeckt haben, bevor ich hier weitere Kisten öffne?

Verdammt! Was ist das? Plötzlich ruckelt der ganze Container wie bei einem Erdbeben.

Ich schaffe es nicht, mich so schnell irgendwo festzuhalten, falle hin und rutsche durch den Mittelgang, den die gestapelten Kisten ergeben, nach hinten durch. Ich will aufstehen, mich festhalten, doch jetzt schwankt der Container zur anderen Seite.

Kein Zweifel: Ich schwebe!

Schlagartig wird mir klar, was hier vor sich geht: Der Container wird von einem Kran aufs Schiff verladen. Wie kann das sein? Wir hatten doch extra die Letzten genommen. Oh Mann, verflucht!

Ich schaffe es, aufzustehen, stütze mich rechts und links an den Metallkisten ab, torkele und schwanke wie ein Betrunkener zur Tür. Obwohl die nur angelehnt ist, öffnet sie sich nicht von selbst. Dafür ist sie wohl zu schwergängig.

Ich hoffe, der Kran hat den Container noch nicht zu hoch angehoben, sodass ich noch rausspringen oder -klettern kann.

Die Hälfte des Wegs habe ich geschafft, da wirft mich die Schräglage wieder zurück in meine Ausgangsposition.

Ich ahne Schlimmes.

Neuer Versuch.

Links und rechts festhalten, Schritt für Schritt, da …

Schräglage nach vorn!

Ich rutsche zur Tür und muss mich unbedingt festhalten, um jetzt nicht vorn aus der offen stehenden Tür hinausgeschleudert zu werden. Gerade noch bekomme ich den Haltegriff einer Metallkiste zu fassen, kralle mich an ihm fest. Zum Glück sind die Kisten wirklich fest verzurrt, sodass ich nicht mitsamt einer Kiste aus dem Container ausgespuckt werde.

Dann wieder ein heftiger Rums, der mich erneut umwirft.

Anschließend Ruhe.

Der Container wurde hart abgesetzt. Und ich ahne auch, wo: im Bauch des Frachters. Verflucht, ich muss raus hier!

Da der Container nicht mehr wackelt, kann ich schnell zur Tür krabbeln und sie aufstoßen.

Plötzlich ein fürchterlicher Krach über mir! Unwillkürlich ziehe ich den Kopf ein und springe instinktiv zurück.

Erst dann luge ich aus der halb geöffneten Containertür heraus. Und erkenne sofort, was passiert ist: Der nachfolgende Container sollte schon abgesetzt werden. Und zwar so dicht neben meinem, dass ich die Tür nicht mehr hätte öffnen können und gefangen gewesen wäre. Zum Glück aber ist der nachfolgende Container auf meine offen stehende Tür gekracht. Der Kranführer hat den Container wieder hochgezogen und wundert sich vermutlich gerade, was da für ein Hindernis im Weg ist. Schon setzt er zu einem zweiten Versuch an. Der Container von oben kommt näher.

Weg hier!

Mit dem Fuß stoße ich die Tür noch weiter auf, springe raus und lande auf einem unteren Container, auf den der Nachfolgende aufgesetzt werden soll. Nur die noch immer offen stehende Tür meines Containers über mir rettet mich davor, zerquetscht zu werden. Um mich herum sind die anderen Container schon hochgestapelt. Ich befinde mich in einer quaderförmigen Lücke wie beim Tetris-Computerspiel. Es gibt nur zwei Auswege: Der eine ist, zurück in meinen offenen Container zu klettern. Das hieße Gefangenschaft, aber wenigstens, nicht zerquetscht zu werden, der andere Ausweg ist …

Der nachfolgende Container senkt sich wieder auf mich nieder, bleibt erneut mit einem lauten, hässlichen, metallischen Knirschgeräusch an der Tür hängen.

Das ist meine Chance. Schnell!

Ich springe hoch zu meinem offenen Container, hangle mich mit einem Klimmzug nach oben, springe dann an die offen stehende Tür, die freischwebend über der Quaderlücke hängt, ziehe mich weiter an der Tür hoch, die ich jetzt nutze wie eine Kletterwand, bis ich den nachfolgenden Container zu fassen bekomme, an dessen Boden ich mich festhalte. Gerade rechtzeitig, denn jetzt zieht der Kran den Container, mit mir daranhängend, wieder hoch.

Dann stoppt es.

Ich begreife: Der Kranführer lässt den Container in der Luft baumeln, hat in dieser Stellung auf Stopp geschaltet und ruft nun wohl jemanden, der nachschauen soll, was hier unten hakt. Ich aber hänge am Container, frei baumelnd in der Luft, ungefähr drei bis vier Meter über den bereits aufgestapelten Containern. Zu hoch, um mir bei einem Absprung nicht die Knochen zu brechen. Außerdem: Wenn ich jetzt abspringe, lande ich wieder in der Quaderlücke. Wieder bin ich in eine völlig bescheuerte Lage geraten. Irgendwie hab ich wohl ein Talent für so etwas. Aber wie jetzt weiter?

Plötzlich öffnet sich die Tür des Containers, an dem ich hänge. Und Naomi schaut heraus! Offenbar ist ihr das Gleiche passiert wie mir.

»Hey!«, rufe ich zu ihr hoch.

Naomi schaut zu mir herunter und erschrickt, in welcher Lage ich mich befinde. Doch auch sie ist eine ausgebildete Agentin, und zwar eine hervorragende. Ihr Schreck verfliegt sofort, und auf der Stelle weiß sie, was zu tun ist. Sie geht in die äußerste Ecke, um näher bei mir zu sein, legt sich flach auf den Bauch, sodass nur ein Stückchen ihres Oberkörpers herausschaut, und reicht mir ihre Hand.

»Kommst du ran?«, fragt sie. »Ich habe hier drinnen Halt an der Wand. Ich kann dich hochziehen!«

»Moment!«, rufe ich ihr zu. Um ihre Hand zu erwischen, muss ich mich noch weiter nach links hangeln, bis ganz an die Ecke des Containers.

Naomi behält mich im Blick und ihre Hand ausgestreckt.

»Ganz ruhig«, spricht sie mir Mut zu. »Das schaffst du!«

»Ich weiß«, antworte ich. »Ist kein Ding.«

Im selben Moment rutschen meine Finger von der Kante und ich baumle nur mit einer Hand am Container.

»Scheiße!«, fluche ich. »Das kommt davon, wenn man den Mund zu voll nimmt.«

Ich greife auch mit der zweiten Hand wieder zu, konzentriere mich jetzt stärker und hangle mich weiter, bis ich Naomis Hand erreicht habe.

Sie packt kräftig zu und zieht. Weil meine Füße nirgends Halt finden und frei in der Luft baumeln, kann ich sie nicht unterstützen. Es kommt nur auf Naomis Kraft an. Aber sie schafft es, zieht mich Zentimeter um Zentimeter zu sich heran, bis meine Hand an den Boden heranreicht, auf dem sie liegt. Nun kann ich unterstützen, indem ich mich mit einem einhändigen Klimmzug hochhieve. Noch ein Ruck, schon liegt mein Oberkörper auf dem Boden, ich kann mich ganz in den Container hineinziehen.

»Wir müssen hier weg«, sage ich. Für eine Verschnaufpause bleibt keine Zeit. »Jeden Moment kommt jemand, um nachzusehen, wo es hier hakt.«

Naomi nickt. Und schaut hinauf.

»Hoch können wir nicht«, stellt sie fest. »Dann sieht uns der Kranführer.«

»Was schlägst du vor?«, frage ich, während ich mich neben sie lege. Jetzt liegen wir bäuchlings nebeneinander und schauen aus dem Container heraus.

»Dort rauf!« Naomi zeigt auf den höchsten Container-Stapel, über dem die große Ladeluke des Frachters schon halb geschlossen ist. »Von oben kann uns dort niemand sehen, aber wir haben einen guten Überblick und können von da aus vielleicht sogar an Deck klettern.«

»Gute Idee«, stimme ich zu. Und checke gleich, wie wir den Containerstapel wohl am besten erreichen. Unter uns klafft ja noch immer die quaderförmige Lücke. Der nächste, höhergestellte Container ist zu weit weg, um zu ihm hinüberspringen zu können.

»Über die Tür könnte es gehen«, schlägt Naomi vor. »Wir sperren sie ganz auf, klettern an der Tür entlang bis zu ihrem Ende und springen von dort.«

Ich schätze die Entfernung ab. Es könnte klappen. Wenn nicht, gibt es allerdings eine böse, harte Landung.

»Okay«, sage ich mit größtmöglicher Zuversicht.

Doch Naomi weiß selbst, wie gefährlich es ist und dass die Chancen höchstens fifty-fifty stehen.

»Soll ich vorgehen?« biete ich ihr an.

Naomi schüttelt den Kopf. »Non. Halt du die Tür fest, damit sie nicht von selbst zuschlägt, wenn ich an ihr entlangbalanciere.«

Ich schaue mich um. »Lass uns eine Kiste vor die Scharniere schieben.«

Doch Naomi schüttelt den Kopf. »Erstens keine Zeit dafür. Und zweitens, wenn der Arbeiter zur Kontrolle kommt, darf er nicht erkennen, dass hier unten jemand war. Er muss weiterhin glauben, dass die Türen nicht richtig verschlossen wurden.«

»Stimmt«, pflichte ich ihr bei. »Also los!«

Naomi stemmt mit einem Fuß die Tür so weit auf, dass sie im rechten Winkel vom Container absteht. Ich robbe hinüber auf die rechte Seite und versuche, die Tür stabil zu halten, indem ich sie an einem Innenriegel festhalte.

Naomi steht am Rand des Containers, schaut hinunter, als stünde sie im Schwimmbad auf einem Sprungbrett. Mit einer Hand hält sie sich an einer Querstrebe der Tür fest, macht einen großen Schritt und setzt die Zehenspitzen ihres rechten Fußes auf eine untere Querstrebe. Dann gibt sie sich einen Ruck, springt ganz hinüber an die Tür, an der sie jetzt mit beiden Füßen oder besser gesagt nur den Zehenspitzen auf der unteren Strebe steht und sich gleichzeitig mit allen Fingerspitzen an der oberen Strebe festhält.

»Geht's?«, frage ich.

»Ja!«, ruft sie mir zu. »Hauptsache, du hältst die Tür.«

Was leichter gesagt als getan ist. Zwar kann ich leicht verhindern, dass die Tür nach innen zuschlägt, aber von meiner Position aus habe ich kaum eine Chance, sie zu halten, wenn sie durch Naomis Gewicht weiter nach außen driftet.

Doch noch geht alles gut. Naomi ist leicht und zierlich genug. Ihr Gewicht reicht nicht, dass die Tür nachgibt und aufschlägt.

Konzentriert setzt Naomi einen Fuß neben den anderen, balanciert so bis ans Ende der Tür.

»Und?«, frage ich.

»Weiter, als ich dachte«, antwortet sie ehrlich.

»Zu weit?«

»Das werde ich gleich wissen«, sagt sie.

Und springt.

Darauf war ich so schnell nicht vorbereitet. Ich halte den Atem an.

Naomi schafft es – nicht ganz.

Sie landet hart an der Kante des Containers; ihr Oberkörper obendrauf, wo sie hinwollte, doch ab Gürtellinie klatscht sie an die Seitenwand.

»Autsch!«, höre ich nur.

Dann sehe ich, wie sie flink ganz auf den Container krabbelt, sich dort erst einmal kurz langlegt.

»Alles okay?«, rufe ich hinüber.

»Ja«, ruft sie zurück. »Ich denke schon. Zwei blaue Flecken auf den Oberschenkeln, schätze ich mal.«

Hoffentlich nicht mehr als das, denke ich, sage es aber nicht.

Denn jetzt bin ich dran.

Zuvor bin ich im Geiste schon den Weg gegangen und habe auch genau zugeschaut, wie Naomi es gemacht hat, um eventuelle Fehler nicht zu wiederholen.

Doch Naomi hat es perfekt gemacht, bis auf den etwas zu kurzen Sprung am Schluss. Naomi kann die Tür für mich nicht offen- und geradehalten. Deshalb balanciere ich nicht auf der Tür wie sie, sondern halte mich mit den Händen an der unteren Türkante fest und hangele mich voran. So kann ich durch entsprechenden Schwung mit meinen Beinen die Tür im Zweifel wieder in die richtige Position austarieren. Das dauert etwas länger, aber es funktioniert. Ich erreiche ohne weitere Probleme das Ende der Tür. Jetzt muss ich mich hochhieven, komme mit den Füßen auf der unteren Kante zum Stehen und muss nun von hieraus springen.

Plötzlich setzt sich der Kran in Bewegung!

Mein Container beginnt mächtig zu schlingern.

Ich habe keine Wahl.

Ich muss springen.

Jetzt.

Naomi steht bereit, mich gegebenenfalls aufzufangen oder mich zu halten, falls ich schief lande oder auch zu kurz springe oder abrutsche.

Ich springe.

In der Hocke, wie nach einem Weitsprung in der Sprunggrube, lande ich auf dem Container – und halb auf Naomi. Direkt auf einem ihrer lädierten Oberschenkel.

Naomi quiekt auf.

»Oh, Scheiße, Tschuldigung«, murmle ich.

»Schon gut. Alles okay. Schön, dass du hier bist«, antwortet sie tapfer, während sie sich den Oberschenkel reibt. Vermutlich ist nun ein großer blauer Fleck dazugekommen.

SCHIFFFAHRT NACH PARIS

Naomi hat den Platz gut gewählt. Hier auf dem Container sind wir von oben nicht zu sehen und auch sicher vor nachfolgenden Containern, die beladen werden. Aber vorerst kommen da keine, weil der eine immer noch am Kran baumelt. Wir müssen kurz etwas in Deckung gehen, denn der Arbeiter kommt, um nachzusehen, wo das Problem liegt. Er entdeckt sofort die offenen Türen an den beiden Containern, in denen Naomi und ich jeweils waren, wundert sich kurz, zuckt dann mit den Schultern, kraxelt dorthin, schließt die Türen nacheinander und gibt dem Kranführer per Funk Bescheid, dass nun wieder alles gut sei. Er kraxelt zurück und zeigt uns dann unbewusst den Weg über eine Treppe hinaus aus dem Laderaum, hinauf aufs Deck oder in andere Bereiche des Schiffsinneren.

Naomi und ich blicken uns nur kurz an. Wir sind uns stumm einig, dass wir gleich diesen Weg gehen werden.

»Wo ist Charles?«, frage ich aber vorher.

»Ich vermute, er hat – anders als wir – rechtzeitig gemerkt, dass die Container verladen werden, und ist rausgesprungen.«

»Dann ist er noch draußen am Kai?«, frage ich.

Naomi nickt. »Vermutlich ja.«

»Und wir?«, frage ich weiter.

Naomi versteht sofort, worauf meine Frage abzielt.

»Wir sollten an Bord bleiben«, schlägt sie vor. »Näher können wir an der vermutlich illegalen Ware ja nicht sein, als hierzubleiben.«

Sie hat recht. Also bleiben wir an Bord. Laut Frachtpapieren nimmt das Schiff Kurs auf Paris, was bedeutet, dass wir etwa nach einer Nacht und einem Tag Fahrt ankommen müssten. So lange haben wir Zeit, die Fracht genauer zu untersuchen.

Ich ziehe mein Smartphone aus der Tasche, um Charles und die Zentrale zu informieren, doch Naomi drückt mir sofort die Hand wieder herunter.

»Nicht!«, sagt sie. »Der Mobilfunkempfang funktioniert auf Schiffen meist über eine eigene GSM-Basisstation, die per Satellit mit einer terrestrischen Basisstation verbunden ist. Wenn das einer kontrolliert, kann er über die GSM-Basisstation dein Handy erkennen. Es könnte uns verraten. Wir sollten unsere Smartphones ausschalten.«

Naomi hat natürlich recht. Dennoch wäre es besser, die Zentrale zu informieren.

»Vielleicht gelingt es mir später, die Basisstation hier

an Bord ausfindig zu machen und direkt von dort eine verschlüsselte Information an Charles oder die Zentrale abzusenden.«

»Okay.« Eine gute Idee, finde ich. Aber zuvor sollten wir uns umschauen, wo wir etwas Verpflegung und ein gutes Versteck zum Schlafen ausfindig machen.

Wir folgen dem Weg, den der Hafenarbeiter gegangen ist, steigen eine Metalltreppe hinauf, die bei jedem Schritt fürchterlich laut durch den Schiffsrumpf scheppert. Naomi vor mir öffnet eine schwere Stahltür einen Spalt, sieht sich vorsichtig um.

»Okay!«, flüstert sie.

Wir huschen hinaus in einen sehr schmalen Gang, von dem zu beiden Seiten Türen abgehen. Ein paar Beschilderungen sind eindeutig: »Sanitätsraum«, »Putzraum«. Auf anderen Schildern stehen nur Buchstaben- und Zahlenkombinationen. Vermutlich Kammern für Material, Werkzeug oder Ersatzteile.

Am Ende des Ganges rechts herum. Eine weitere Treppe führt hinauf, etwas weiter entfernt eine andere abwärts, vermutlich zum Maschinenraum. Wir hoffen, die Treppe aufwärts führt uns zur Küche oder der Proviantkammer, vielleicht aber auch zu den Mannschaftskabinen, in denen sich jetzt aber niemand aufhalten dürfte. Das Schiff wurde beladen und wird sicher jeden Moment ablegen. Da gibt es für die gesamte Mannschaft viel zu tun.

Eine Etage höher das gleiche Bild wie unten: ein schmaler, trist beleuchteter Gang, Türen zu beiden Seiten, aber keine Fenster, kein Tageslicht, keinerlei Hinweise, wohin der Gang führen wird.

Naomi schleicht zur nächsten Tür, prüft die Klinke. Die Tür ist nicht abgeschlossen. Möglicherweise also befindet sich jemand im Raum. Besser weiter.

Plötzlich ein schepperndes Geräusch. Jemand poltert am Ende des Gangs eine Metalltreppe hinunter. Ohne weiter nachzudenken, greift Naomi zur nächsten Türklinke. Auch diese Tür ist nicht verschlossen. Naomi öffnet sie, gleitet hinein. Ich warte ab. Als nichts passiert und nichts weiter zu hören ist, husche ich ihr hinterher. Gerade rechtzeitig. Während ich die Tür hinter mir zuziehe, sehe ich schon einen Fuß um die Ecke kommen. Schnell rein in den Raum, Tür zu.

Es ist dunkel. Wir wollen kein Licht anmachen, weil es unter der Tür durchscheinen und uns verraten könnte. Ich würde natürlich schon gern wissen, in was für einem Raum wir gelandet sind. Vorerst lausche ich nur auf die Schritte draußen, die den Gang entlanggehen. Stehenbleiben.

Mir ist kalt. Sehr kalt sogar.

Ich merke, wie Naomi, die dicht neben mir steht, wohl die Arme um sich schlingt. Auch sie scheint zu frieren. Wir sprechen nicht. Ich habe den Verdacht, dass wir in einer Kühlkammer stehen.

Plötzlich leuchtet ein rotes Licht auf. Ich schrecke kurz zurück, dann sehe ich, dass Naomi ihre kleine, aber sehr leistungsfähige Taschenlampe hervorgeholt hat, bei der man einen Rotfilter vorlegen kann, um sich durch den Lichtschein nicht zu verraten, aber dennoch genug sehen kann. Während wir noch immer nach den Schritten lauschen, schauen wir uns um. Um uns herum hängen geräucherte Schinken. Das hatte ich auch schon gerochen. Der Raum ist größer, als ich vermutet habe. Hinter Naomi steht ein Regal, das bis zur Decke reicht. Große Käse liegen darin, Gemüse, Kartons mit Milchtüten. Wir sind tatsächlich in eine Kühl-Vorratskammer geraten. Wunderbar. Hier werden wir genügend zu essen finden.

Nach dem Stillstand sind wieder Schritte zu hören. Anschließend das Geschepper der Metalltreppe. Der Mann, der hier heruntergekommen war, geht wieder hinauf.

Naomi leuchtet weiter – und quiekt plötzlich kurz, aber zu laut auf.

»Pst!«, mahne ich.

Aber Naomi hat sich schon wieder im Griff. Sie zeigt auf ihre Entdeckung. Ich sehe nur etwas Großes, in Folie eingeschweißt, das neben dem Regal an die Wand gelehnt ist. Oder ist es dort angehängt? Was ist es überhaupt? Naomi leuchtet zu dem, was ich sehen soll.

SCHEISSE!

Nun schrecke auch ich zurück, obwohl ich mir einen Aufschrei gerade noch verkneifen kann. Durch die Folie hindurch schimmert – ein GESICHT!

Da … da … hängt ein TOTER an der Wand, dick in Folie eingeschweißt!

Der Mann draußen ist schon verschwunden. Naomi und ich können wieder miteinander sprechen, wenngleich auch nur leise.

»Eine Leiche!«, flüstert sie mir zu. »Die haben einen umgebracht!«

»Vielleicht«, versuche ich, noch eine letzte natürliche Erklärung zu finden, »ist er einfach nur so gestorben und wird hier verwahrt bis zur Beerdigung an Land.«

Doch Naomi schüttelt kräftig den Kopf. »Denk doch mal nach: Wir haben eben erst vom Hafen abgelegt. Wenn es stimmt, was du sagst, hätten sie ihn von Bord gebracht, um ihn beerdigen zu lassen. Außerdem: Wenn er einfach nur gestorben ist, könnte eine Krankheit die Ursache sein. Da würden sie ihn nicht in die Lebensmittelkammer stecken. Nein: Der wurde umgebracht. Entweder schon an Land oder hier an Bord. Ich wette, sie werden ihn unterwegs über Bord werfen.«

»Meine Güte!«, hauche ich.

Ich bin zwar ein echter Agent. Hervorragend ausgebildet. Reif und bereit für gefährliche und härteste Aufträge. Aber ich habe noch nie eine echte Leiche gesehen!

Erleichtert stelle ich fest, dass mir nicht schlecht wird. Zumindest noch nicht.

»Was glaubst du, wer er war und weshalb er getötet wurde?«, frage ich.

Naomi hat auch keine Idee.

Da der Mann vollständig bekleidet ist, könnten wir natürlich nachsehen. Vielleicht trägt er sogar noch Papiere bei sich. Aber dazu müssten wir die Folie aufreißen und damit verraten, dass jemand hier war.

Naomi schaltet das rote Licht um auf helles weißes. Und leuchtet die Leiche langsam und systematisch ab. Es ist trotzdem noch schwer, durch die Folie hindurch irgendwelche Details zu erkennen. Aber ein bisschen können wir sehen. Zum Beispiel, dass der Mann Arbeitskleidung trägt, so wie wir sie bei anderen Arbeitern auch gesehen haben.

Mir wird klar: »Die Besatzung hier an Bord sind keine normalen Arbeiter. Sonst hätten die Täter die Leiche besser verstecken müssen. Alle hier müssen zum kriminellen Clan vom Boss oder von Shionas Vater gehören.«

»Nur dieser eine hier nicht«, schlussfolgert Naomi und zeigt auf den Toten. »Vielleicht war er sogar einer von uns?«

»Du meinst …?« Meine Güte! »Ein Agent, den sie enttarnt haben? Aber woher kommt er, wenn unsere Zentrale nichts von ihm wusste?«

»Keine Ahnung«, antwortet Naomi. »Es könnte natürlich auch einfach nur ein angeheuerter Informant gewesen sein, für die Polizei oder das BKA.«

»Und er wurde enttarnt und beseitigt«, ergänze ich mit einem dicken Kloß im Hals.

»Eines steht fest«, fasst Naomi zusammen. »Wir sind hier in erheblich größerer Gefahr, als wir bisher dachten.«

Damit hat sie verdammt recht. Wir haben ein grausames Beispiel direkt vor unserer Nase, wie die Verbrecher mit »Verrätern« oder Agenten umgehen, wenn sie einen erwischen. Und im Moment kann ich mir auch nicht vorstellen, dass sie mit uns glimpflicher umgehen würden, nur weil wir Kinder sind.

»Und wenn wir doch per Handy die Zentrale informieren, oder wenigstens die Polizei? Ich meine, hier ist eine Leiche!«

»Bei einem einfachen Mord wird die Besatzung vernommen und ihre Personalien aufgenommen. Wenn es dann gegen kein Besatzungsmitglied einen konkreten Tatverdacht gibt, lassen sie den Frachter auslaufen. Alles, was wir erreichen, ist nur, dass der Frachter hier vielleicht zwei, drei Tage länger liegen bleibt, aber wir sind aufgeflogen und können den Transport der illegalen Ware nicht weiter aufklären. Nicht einmal, worum es sich bei den Einzelteilen in den Containern überhaupt handelt«, wendet Naomi ein.

»Okay«, sage ich. Also bleiben wir an Bord und führen unsere verdeckten Ermittlungen fort. »Lass uns etwas zu Essen mitnehmen und hier verschwinden. Wir brauchen ein gutes Versteck, bis wir Paris erreicht haben.«

»Wichtig ist, etwas zu trinken mitzunehmen«, sagt Naomi. Und steckt sich gleich zwei Liter Milch in ihren Rucksack. Ich nehme auch noch zwei Liter, zusätzlich aber auch noch je ein großes Stück Schinken und Käse. »Hast du irgendwo Brot gesehen?«

»In einer Kühlkammer?«, fragt Naomi zurück. »Non.«

»Okay, weg hier!«

»Wohin?«

Ich stutze. Gute Frage. Sich nur zu verkriechen, ist Quatsch. Wir sind ja keine schlichten blinden Passagiere, wir sind Agenten. Unsere Aufgabe ist es, herauszubekommen, was hier vor sich geht. Also müssen wir das Schiff und die Besatzung durchsuchen.

Ich atme tief durch. Unsere Verpflegung ist gut verstaut, wir können die Zeit nutzen, während die Besatzung noch mit der Beladung und mit dem Ablegen zu tun hat. Außerdem: Wenn wir es an Deck schaffen, solange wir noch im Hafen sind, können wir dort vielleicht eine Verbindung über irgendeinen WLAN-Router vom Festland herstellen und wenigstens die Zentrale und Charles informieren, wo wir sind. »Weiter hinauf. Bis zum Deck!«, schlage ich vor.

Naomi ist einverstanden.

Sie öffnet die Tür der Speisekammer.

Der Gang ist leer.

Wir schleichen hinaus und die Treppe hoch, die vor uns der Mann gegangen war. Wir erreichen die nächste Etage und hören laute Stimmen von der rechten Seite, wo der Gang entlangführt, von dem wieder etliche Kabinen abgehen. Einige der Türen stehen dieses Mal sogar offen. Links von uns führt eine andere Treppe weiter hinauf, über die Tageslicht zu uns hinunterdringt. Das heißt: Über uns ist das Deck.

Wir gehen auf diese Treppe zu, und ich sehe, dass der

Gang um die Treppe herum und dann links um die Ecke weitergeht. Dort ist eine offene Tür zu sehen, dahinter die Reling.

Also auch auf unserer Ebene kommt man schon hinaus, auf einen offenen Gang auf dem Unterdeck. Ich gebe Naomi ein Zeichen und schleiche voran bis nach draußen an Deck.

Auch hier: alles frei.

Ich ducke mich noch tiefer und laufe weiter, unter den Fenstern der Kabinen entlang, so lange, bis ich ein halb geöffnetes Fenster entdecke, unter dem ich hocken bleibe.

Wir hören Stimmen aus der Kabine heraus.

Vorsichtig luge ich durch das Fenster hinein: ein größerer Aufenthaltsraum mit kleinem Tresen, Sofa, einem Tisch davor, Sesseln, einem Fernseher. Zwei Männer sitzen am Couchtisch und trinken Kaffee oder Tee, unterhalten sich mit kurzen, knappen Worten. Sie sehen nicht zum Fenster. Die Gelegenheit ist günstig. Ich pule eine der Abhörwanzen mit GPS-Chip aus meiner Tasche, zwänge meine Hand durch die gekippte Fensteröffnung und hefte die Wanze an den Fensterrahmen. Das ist zwar nicht besonders gut versteckt, aber die Männer rechnen ja nicht damit. Außerdem ist die Wanze recht klein.

Ich nicke Naomi zu. Wir können weiter.

Ab jetzt müssten wir gut abhören können, was die Männer dort drinnen bereden.

Wir wollen zurück. Da treten zwei weitere Männer aus der Tür heraus, drehen sich aber zum Glück von uns weg. Sie schlendern in die andere Richtung. Trotzdem: Wenn die sich jetzt einmal umdrehen, sind wir geliefert!

Naomi tippt mich an, zeigt auf eines der Rettungsboote, die hier hängen, springt auf das nächste zu, klettert daran hoch und hinein. Ich folge ihr, krabble unter die Plane und sehe dann aus dem Rettungsboot heraus auf die beiden Männer, die tatsächlich umkehren und auf uns zukommen.

Haben die uns entdeckt?

»Achtung!«, warne ich Naomi und ziehe meinen Kopf ein.

Naomi und ich hocken dicht zusammen, wir halten fast den Atem an und warten ab.

Einen Augenblick lang passiert nichts.

Dann ruckelt jemand an der Plane über uns, die das Boot abdeckt und bei Regen davor schützen soll, mit Wasser vollzulaufen.

Kein Zweifel: Die Männer haben entdeckt, dass die Plane nicht fest genug zugezurrt war, was sie jetzt korrigieren wollen. Die Frage ist: Kommen wir hier wieder raus, wenn sie die Plane außen fest verknoten?

Wir dürfen das Risiko nicht eingehen.

Was aber tun?

Ich horche.

»Ich mach das schon«, sagt der eine.

Der andere antwortet etwas, aber auf Französisch. Ich verstehe es: Er will zum Aufenthaltsraum zurück. Also haben wir es hier nur noch mit einem zu tun.

Ich treffe eine Entscheidung.

Naomi und ich haben die Gebärdensprache an der Agentenschule gelernt, das ist Teil der Ausbildung. Ich erkläre ihr mit ganz wenigen Gesten, was ich vorhabe. Naomi vertraut mir und nickt mir zu. Sie ist bereit.

Ich beginne, von innen an der Plane zu wackeln.

Ich merke, dass der Mann außen seine Arbeit unterbricht.

Ich wackle nochmals an der Plane.

Der Mann zieht ein Stück von der Plane zurück. Er sieht uns! Und erstarrt für einen Moment vor Verwunderung. Dieser kleine Moment der Untätigkeit genügt Naomi.

Sie springt auf den Mann zu, packt sein Genick mit einer Beinschere, während sie sich an der Reling des Beibootes festhält, macht eine Art Rückwärtssalto und zieht den Mann mit sich ins Boot hinein, wo ich ihn mit einem festen Handkantenschlag ins Genick bewusstlos schlage.

Mit oftmals eingeübten, routinemäßigen, schnellen Bewegungen ziehen Naomi und ich Seile aus unseren Rucksäcken, fesseln den Mann, knebeln ihn und binden ihn an einer Querstrebe des Beiboots fest. Danach klettern wir aus dem Boot, zurren von außen die Plane fest und verschwinden. Da seine Arbeit von außen erledigt zu sein scheint, wird niemand den Mann *im* Boot suchen. Auf jeden Fall wird es dauern, ehe sie ihn finden. Aber dann sind wir hoffentlich schon längst im Hafen von Paris eingelaufen und von Bord.

GEHEIMNISVOLLER STOPP IN DER NACHT

Mitten in der Nacht wache ich auf. Naomi und ich haben einen guten Platz in einem – ungekühlten – Vorratsraum gefunden, der voller Konserven und Päckchen mit Lebensmitteln wie zum Beispiel Nudeln gepackt ist. Nachts wird kein Essen zubereitet, also muss auch niemand in die Vorratskammer. Wir haben uns hinter ein Regal gezwängt, nicht einsehbar für jemanden, der durch die Tür hereinkommt. Dafür gibt es ein Fenster nach draußen, durch das wir sehen können, was da los ist.

So wie jetzt.

Aufgewacht bin ich, weil plötzlich das vibrierende Motorengeräusch aufhörte. Ganz still wurde es dennoch nicht. Noch immer, oder besser gesagt: wieder, höre ich das Geräusch eines Schiffsmotors. Aber es ist nicht unser Schiff. Nach wie vor keine Vibration. Unser Frachtschiff liegt still und ruhig auf der See.

Naomi und ich blicken durchs Fenster und sehen, wie sich helle Scheinwerfer auf dem Wasser nähern.

»Ein anderes Schiff kommt auf uns zu«, sagt Naomi. »Was hat das zu bedeuten?«

»Vielleicht ein Polizeiboot?«, frage ich, verwerfe den Gedanken aber gleich wieder, kaum dass ich ihn ausgesprochen habe. Selbst wir haben trotz Untersuchung noch nichts Illegales auf diesem Schiff entdecken können. Und eine routinemäßige Überprüfung durch die Polizei würde kaum mitten in der Nacht auf dem Meer stattfinden.

»Das ist kein Polizeiboot«, sagt Naomi. »Sieh nur: Es ist eine Jacht!«

Jetzt sehe ich es auch. Eine wirklich große Luxusjacht macht längsseitig an unserem Schiff fest. Auf unserem Deck steht der Kapitän, umringt von einer Schar seiner Leute, um den Besuch gebührend zu empfangen. Eine Gangway wird hinübergelegt, und nach einer gewissen Zeit sehen wir endlich, wer da das Frachtschiff betritt.

»Ich werd' verrückt!«, sage ich. »Das ist ...«

»... der Boss!«, beendet Naomi meinen Satz. Sie hat ihn zwar noch nie real gesehen – aber auf Fotos, die ihr in der Zentrale gezeigt wurden.

»Damit steht schon mal fest: Wir sind auf der richtigen Spur«, sage ich, obwohl Naomi das natürlich längst selbst weiß. Der Boss würde niemals mitten in der Nacht einen Frachter aufsuchen, der medizinisches Material transportiert.

»Jetzt lautet nur die Frage ...«, setzt Naomi fort, »... ist die Ware, die der Boss verkauft, zwischen dem Material versteckt, das wir gesehen haben? Oder ist das zerlegte Material selbst die illegale Ware? Was meinst du?«

Ich zucke mit den Schultern, denn ich weiß es wirklich nicht.

»Natürlich wäre es nicht besonders schwer, etliche Kilo Drogen unter den unzähligen metallischen Kleinteilen in den Kisten zu verstecken«, überlege ich laut.

»Aber wenn die Kleinteile die Ware wären, was ist es dann?«, fragt Naomi.

Wir beide haben darauf nur eine Antwort: Waffen!

»Nur, was macht dann der Boss hier?«, frage ich. »Der wird ja wohl kaum die Kisten vom Frachter auf seine Jacht laden.«

»Nein«, antwortet Naomi. »Aber sich vielleicht davon überzeugen, dass ihm das Richtige geliefert wird. Oder seinem Kunden die Ware zeigen.«

»Wow, du hast recht!« Eine andere Erklärung kann ich mir im Moment jedenfalls nicht vorstellen. »Shionas Vater organisiert nur den Transport. Der Boss aber wickelt das Geschäft ab. Er zeigt dem Kunden die Ware. Und kassiert auch gleich das Geld von ihm. Vielleicht findet hier mitten auf dem Meer, in tiefster Nacht, gerade die Übergabe statt. Wir werden Zeuge eines Millionendeals!«

Genau das hatte Naomi gemeint. Und sie fügt noch an: »Wenn wir auf die Jacht gehen, können wir diesen Deal vielleicht sogar beweisen und den Boss endlich vor Gericht bringen.«

»Auf die Jacht? Wie stellst du dir das vor? Im Moment

können wir froh sein, dass wir hier auf dem Frachter noch nicht entdeckt wurden. Wir können doch nicht rüber auf die Jacht wechseln, ohne gesehen zu werden!«

»Warum nicht?«, fragt Naomi keck zurück. »Du weißt doch, im Deck unter uns gibt es auch noch Ausgänge zum Unterdeck. Vielleicht können wir eine Etage tiefer das Schiff wechseln, ohne dass die über uns etwas davon mitbekommen.«

Das könnte in der Tat eine Möglichkeit sein.

Dennoch: »Und wenn wir drüben sind?«, wende ich ein. »So leicht wie hier werden wir dort kein Versteck finden. Die Jacht ist viel kleiner. Und hier war es schon schwer genug.«

»Das sehen wir dann«, winkt Naomi ab. »Wozu sind wir Agenten?«

Na super. Ich hab keine Ahnung, wie das funktionieren soll.

Laut aber sage ich: »Klar. Hast recht.«

»Schön.« Naomi zwinkert mir zu. »Dann los!«

Wir schnappen uns unsere Rucksäcke und machen uns auf.

Unser Versteck zu verlassen, ist kein Problem. Der größte Teil der Mannschaft schläft ohnehin. Die wenigen, die wach sind, haben zu tun oder sind mit dem Besuch des Bosses dort oben beschäftigt.

Unbehelligt gelangen wir also zum Unterdeck. Die Jacht liegt direkt neben uns. Und doch scheint sie unerreichbar. Denn natürlich hat für uns hier unten niemand eine Gangway bereitgelegt, um von einem Schiff aufs andere wechseln zu können. Trotzdem haben wir eine reelle Chance. Es funktioniert ähnlich wie meine Flucht unter dem Gitterrost: Niemand dort oben wird hinunterschauen; schon deshalb nicht, weil sie gar keinen suchen. Noch nicht. Wenn sie erst den gefesselten Mann im Beiboot finden, sieht die Sache schon anders aus. Wir müssen nur irgendwie rüberkommen auf die Jacht.

Und ich weiß auch, wie.

Naomi hat recht: Wozu sind wir Agenten? Dafür, dass wir mit besten Geheimdienst-Accessoires ausgestattet sind. Wir beide tragen jeweils ein aufgerolltes Drahtseil an unseren Gürteln, wie normale Kids in unserem Alter sie nur aus *Batman*- oder *Mission Impossible*-Filmen kennen. Zwar funktionieren sie nicht ganz so perfekt wie die Seile von Batman, die ja aus seinem Gürtel schießen und ihn dann beinahe fliegen lassen. Aber herauskatapultieren lassen kann man sie schon, damit sie an einer Wand haften bleiben oder sich um einen Gegenstand wickeln. An der Jacht baumeln eine ganze Menge Langfender, diese Puffer zum Schutz der Bordwand, die natürlich fest vertäut sind. Es müsste gelingen, unsere Drähte an einem von ihnen zu befestigen. Ich schieße meinen Draht, an dessen Spitze ein kleiner Widerhaken angebracht ist, aus der Gürtelkassette heraus. Er verfängt sich in einem der Taue, die die Fender halten.

Ich ziehe fest an dem Draht, um den Halt zu prüfen.

»Ist okay«, sage ich zu Naomi. »Ich gehe rüber.«

Drüben an der Jacht werde ich mich weiter an den Fendertauen entlanghangeln müssen, bis ich eine Stelle finde, an der ich ins Schiffsinnere einsteigen oder von der ich weiter hoch aufs Deck der Jacht klettern kann. Ich habe zwar schon eine Stelle im Auge, aber ein Einstieg in die Jacht wäre unauffälliger. Ich ziehe mir spezielle schnittfeste Handschuhe über, um mir nicht an dem dünnen Draht die Handflächen aufzuschneiden.

»Auf geht's.« Ich steige über die Reling und hangle mich an dem Seil hinüber zur Jacht. Unter mir geht es einige Meter tief direkt ins Wasser.

Als ich die Hälfte geschafft habe, merke ich einen kurzen Ruck im Seil.

»Was zum Teufel…?«

Scheiße! Ich falle! Und stürze ins kalte, nachtschwarze Meerwasser.

Verdammt. Der Haken meines Drahtseils muss sich aus dem Tau gelöst haben.

Ich sinke immer noch. Sehe nichts. Um mich herum alles schwarz, durchsetzt von Tausenden silbrig-schimmernden Luftbläschen, erzeugt durch mein Eintauchen.

Ich warte einen Augenblick, bis die Sinkgeschwindigkeit nachlässt, erst dann mache ich Schwimmbewegungen nach oben.

Oben? Wo ist oben? Hab ich mich beim Eintauchen etwa gedreht? Ich glaube nicht. Aber ich habe die Orientierung verloren, sehe nichts. Habe keine Ahnung mehr, wo oben oder unten, links oder rechts ist.

Irgendetwas hat mich gerade berührt. Glaube ich. Was war das? Ein Fisch? Ein Hai? Etwas anderes?

Keine Panik. Ruhig bleiben.

Ich stelle meine Schwimmbewegungen ein. Verhalte mich so ruhig wie möglich. Puste ein klein wenig Luft aus meinem Mund, in der Hoffnung, die Bläschen verfolgen und damit meine Orientierung zurückgewinnen zu können. Denn Luftblasen steigen nach oben. Aber ich sehe sie kaum. Das fahle Licht, das von Deck bis hier herunterschimmert, ist zu schwach. Ich sehe fast die Hand vor Augen nicht.

Okay. Hier unten wird mich schon niemand sehen. Ich ziehe meine Taschenlampe, die natürlich wasserdicht ist, aus der Gürtelhalterung. Halte sie mir unters Kinn und leuchte nach oben. Wieder stoße ich etwas Luft aus. Jetzt sehe ich, wie die Luftbläschen im Lichtkegel hinaufsteigen.

Nicht zu fassen, ich schwimme nahezu waagerecht unter Wasser, mit dem Gesicht nach oben. Vermutlich zieht das Gewicht meines Rucksacks mich hinunter.

Nun weiß ich also Bescheid, bringe mich in eine senkrechte Lage, mit dem Kopf nach oben, setze die Schwimmbewegungen wieder an, tauche auf – stoße aber mit dem Kopf gegen etwas Hartes. Der Schiffsrumpf!

Verdammt. Ich tauche wieder unter Wasser.

Ich leuchte mit meiner Lampe die Umgebung ab. Der Rumpf ist schneeweiß. Insofern bin ich wenigstens unter dem richtigen Schiff, der Jacht.

Aber obwohl ich seitlich der Jacht ins Wasser gefallen

bin, befinde ich mich nun am Heck. Denn nur zwei, drei Meter von mir entfernt ist die Schiffsschraube zu sehen.

Das ist gefährlich.

Äußerst gefährlich.

Wenn jetzt dort oben einer auf die Idee kommt, den Motor anzuwerfen, bin ich geliefert. Die Schraube würde für mich zur tödlichen Häckselmaschine.

Weg hier, aber schnell!

Doch zunächst muss ich so bald wie möglich auftauchen.

Ich habe keine Luft mehr, muss atmen.

Ich will auftauchen.

Da peitscht etwas an mir vorbei durchs Wasser.

Was ist das?

Da! Wieder!

Das sind … Pistolenkugeln!

Jemand dort oben schießt auf mich!

Licht aus!

In Deckung!

Hektisch schalte ich meine Taschenlampe aus, wobei sie mir fast aus der Hand rutscht. Gleichzeitig lege ich instinktiv zwei, drei kräftige Schwimmbewegungen zurück, raus aus der Schusslinie, aber dadurch leider wieder Richtung Schiffsschraube.

Ich darf hier nicht bleiben.

Mir geht die Luft aus.

Ich muss auftauchen.

Unbedingt.

Schnell.

Also zur anderen Seite.

Offenbar wurden wir entdeckt, und ich hoffe, dass auf der anderen Seite der Jacht niemand an Deck steht.

Ich tauche an der Schiffsschraube vorbei, taste mich in der Dunkelheit blind am Schiffsrumpf entlang.

Durch Paddelbewegungen mit den Beinen bekomme ich Auftrieb, tauche auf und – hoooooole tiiiiiiiiiiiief Luft.

Das war knapp.

Sofort aber geht mein Blick nach oben zum beleuchteten Deck. Da steht zum Glück niemand.

Ich höre aber auch keinen Alarm und keine Rufe. Offenbar haben sie Naomi noch nicht entdeckt. Ob die mitbekommen hat, was geschehen ist? Doch. Muss sie ja.

Plötzlich … Ich höre ein Platschen.

Irgendetwas ist ins Wasser gefallen.

Etwa Naomi?

Ich kann nicht nach ihr rufen. Zu gefährlich.

Schüsse habe ich keine gehört. Benutzt der Kerl einen Schalldämpfer? Warum sollte er? Hier draußen bestünde nicht die Gefahr, dass ein Unbeteiligter die Schüsse hören könnte, nur seine Komplizen, und die wären dann wenigstens sofort alarmiert, dass etwas nicht mit rechten Dingen zugeht.

Die Schüsse auf mich muss die Mannschaft an Bord doch gehört haben!

Ich versuche, das Geschehen von eben Revue passieren zu lassen. Ich habe auch keine Schüsse gehört, sondern nur die Kugeln an mir vorbeischießen gesehen. Aber gut, ich war ja auch unter Wasser.

Wahrscheinlich hat der Haken meines Drahtseils sich gar nicht vom Tau gelöst. Ich nehme an, jemand hat mein Seil gekappt.

Ich taste mich an der Schiffswand zurück, wieder Richtung Schiffsschraube, behalte dieses Mal aber den Kopf über Wasser, denn ich will nach Naomi suchen, die vermutlich gerade nach mir ins Wasser gestürzt ist. Vielleicht wurde sie getroffen? Vielleicht – im günstigsten Fall – ist sie auch von selbst ins Wasser gesprungen, um den Schüssen zu entkommen.

Doch dann müsste ich Schwimmbewegungen hören, das Plätschern von Wasser. Aber da ist nichts. Totenstille.

Ich bin jetzt fast wieder auf der Seite angelangt, von der ich gekommen bin. Das Licht der beiden Schiffe genügt, um die Wasseroberfläche soweit auszuleuchten, dass ich schemenhaft etwas erkennen kann.

Da schwimmt jemand. Nein, *treibt* ein lebloser Körper auf dem Wasser.

Meine Güte, Naomi …!

Langsam, also so geräuschlos wie möglich, schwimme ich auf den Körper zu.

Als ich ihn erreiche, erkenne ich sofort: Das ist nicht Naomi, sondern der Mann, der auf mich geschossen hat. Das vermute ich zumindest stark, denn das Pistolenholster trägt er noch um die Schulter. Die Waffe hat er aus der Hand verloren.

Ich lege meine Finger an seine Halsschlagader: Der Mann lebt, ist aber bewusstlos. Selbst in dem faden Licht, das vom Schiff hier herunterscheint, kann ich den großen dunklen Fleck an der Schläfe des Mannes erkennen. Damit ist klar, wer ihn zur Strecke gebracht hat: Naomi.

Auch wir Kinderagenten sind natürlich bewaffnet. Allerdings tragen wir keine tödlichen Schusswaffen mit uns herum, sondern Druckluftpistolen. Im Prinzip sind es also Luftgewehre oder -pistolen, nur schießen wir mit speziellen Gummigeschossen, die – wenn man die richtigen Körperteile trifft – den Gegner außer Gefecht setzen können. Naomi ist eine hervorragende Schützin. Sie hat den Mann exakt an der Schläfe getroffen, wodurch er sofort bewusstlos und geräuschlos von Bord gekippt ist. Dadurch hat Naomi mich gerettet.

Ich schaue hinauf zum Deck des Frachters, kann Naomi dort oben aber nicht entdecken.

Aber ich brauche ihre Hilfe. Ohne Trittleiter, Seil oder Ähnliches komme ich nicht aus dem Wasser aufs Schiff. Auf den Frachter schon mal gar nicht, aber auch nicht auf die Jacht. Dafür ist sie zu groß und der Bootsrumpf zu hoch und zu glatt. Unmöglich, daran hochzuklettern. Mein Drahtseil, das genau für solche Fälle gedacht ist, wurde ja von dem Gangster gekappt. Das kann ich also nicht mehr benutzen.

An der Jacht gibt es seitlich eine Einstiegsleiter, die dafür vorgesehen ist, wenn man auf See schwimmen will. Aber die ist eingezogen.

Ich entdecke keine andere Möglichkeit, irgendwie an der Jacht hochzukommen.

Ich brauche Naomis Hilfe. Wo steckt sie?

Plötzlich höre ich einen kurzen, aber hellen, schrillen Pfiff.

Das ist Naomi! Sie ist also in der Nähe. Nur wo? Ich kann sie nirgends sehen.

Doch da! Ein Lichtzeichen. Naomi morst mir mit ihrer Taschenlampe etwas zu. Ist sie es wirklich? Das Lichtzeichen kommt vom Deck der Jacht. Dann hat Naomi es also schon rüber vom Frachter zur Jacht geschafft!

Ich soll zur vom Frachter abgewandten Seite der Jacht schwimmen. Also wieder zurück, an der Schiffsschraube vorbei.

Und da sehe ich schon, dass Naomi ein Seil von Deck heruntergelassen hat.

Nach wenigen Schwimmzügen bekomme ich es zu fassen und klettere an der Außenwand hinauf zu ihr.

Ich bin klitschnass und friere. Zum Glück haben wir Sommer, so ist auch nachts die Außentemperatur halbwegs erträglich, selbst hier draußen auf dem Meer. Das Wasser war dennoch recht kalt. Naomi erkennt sofort, dass ich zittere.

»Wir müssen dich erst mal irgendwo trocknen und wärmen«, sagt sie, während sie das Seil einholt und wieder dorthin zurücklegt, wo sie es an Deck gefunden hat.

»Hast du schon einen Platz für uns entdeckt?«, frage ich.

Aber das hat sie natürlich nicht. Wann hätte sie das tun sollen?

»Wir müssen uns ins Innere schleichen und ein Plätzchen suchen«, flüstert sie mir zu. »Hauptsache, schnell vom Deck weg.«

Sie hat recht. So groß die Jacht auch ist, im Vergleich zum Frachter ist sie natürlich klein und die Gefahr, entdeckt zu werden, um ein Vielfaches größer.

Wir nehmen die nächste Tür, an der wir vorbeikommen, und landen in einem feinen, mit teurem Holz vertäfelten Salon mit einem großen Bartresen und gegenüber einer geräumigen, gemütlichen Sitzecke mit einem riesengroßen Sofa und einem ebenso gigantischen Flachbildschirm an der Wand. Auf ihm läuft die Aufzeichnung einer TV-Musik-Castingshow. Und auf der Couch sitzt – Shiona.

Ach du Scheiße, sie darf uns nicht entdecken!

Wir sehen sie nur von hinten, denn das Sofa ist glücklicherweise mitten in den Raum gestellt, mit der Rückseite zu uns. Deshalb hat Shiona uns auch noch nicht bemerkt.

Es sind nur drei, vier Schritte bis zu ihr.

Naomi gibt mir ein Zeichen, duckt sich dann weg und schleicht bis zur Rückwand ans Sofa heran. Obwohl wir jetzt viel dichter an ihr dran sind, kann Shiona uns weniger leicht entdecken. Sollte sie sich umdrehen, schaut sie über uns hinweg. Sie müsste über die Rückenlehne nach unten schauen, um uns zu sehen.

Trotzdem: Lange geht das nicht gut. Wir müssen fort von ihr.

Was für eine absurde Situation. Hätten wir gewusst, dass Shiona mit dieser Jacht nach Paris fährt, hätten wir sicher eine Möglichkeit gefunden, dass sie uns mitnimmt. Wir hätten uns die ganze Gefahr der illegalen Schifffahrt sparen können, wären bestens getarnt und komfortabel als Gäste mitgefahren und hätten in Ruhe das Schiff untersuchen können. Genau dafür sind wir Kinderagenten ja da und ausgebildet worden!

Stattdessen schleichen wir uns jetzt in höchster Gefahr als blinde Passagiere auf dem Schiff herum. Wenn Shiona oder jemand anderes von der Crew uns entdeckt, wie sollen wir erklären, wie wir hergekommen sind und was wir hier zu suchen haben?

Oh verdammt, sind wir blöd!

Andererseits: Wie hätten wir ahnen sollen, dass Shiona mit der Motorjacht nach Paris fährt? Als sie Naomi angerufen hat, um uns mitzuteilen, dass sie ihren Vater nach Paris begleitet, hatten wir natürlich angenommen, sie fliegt. Wahrscheinlich sogar mit dem Privatjet ihres Vaters. Aber doch nicht, dass sie auf einer Jacht fährt! Wir dachten auch bis eben, dies wäre die Jacht des Bosses und nicht von Shionas Vater. Wir hatten doch gesehen, wie der Boss über die Gangway von der Jacht auf den Frachter gekommen ist!

Ich sehe Naomis Miene an, dass sie offenbar Ähnliches denkt. Doch es hilft nichts, es ist nun, wie es ist, und wir müssen von hier fort.

Wir könnten versuchen, uns zurück zur Tür zu schleichen. Aber was, wenn Shiona sich genau in dem Augenblick umschaut?

Doch Naomi hat offenbar eine Idee. Sie zieht ihr Smartphone aus der Tasche und schreibt eine Nachricht. Soweit ich es auf ihrem Display mit einem Seitenblick erkennen kann, an Shiona.

Was …?

Da piept schon Shionas Smartphone. Sie hat es neben sich liegen und sieht sofort auf die Nachricht. Jetzt springt sie auf, rennt quer durch den Salon, aus der gegenüberliegenden Tür hinaus an Deck.

»Jetzt schnell!«, zischt Naomi mir zu.

Wir springen auf und verschwinden durch die Tür, durch die wir gekommen sind, weiter übers Deck eine äußere Treppe hinauf auf ein Oberdeck und landen an einem Swimmingpool. Hastig sehen wir uns nach einem Versteck um. Der Pool ist zwar beleuchtet, aber hier hält sich trotzdem keine Menschenseele auf.

»Dort, hinter die Sonnenliegen«, schlage ich vor. Naomi und ich verstecken uns und atmen erst einmal durch.

»Was hast du ihr geschrieben?«, will ich wissen.

»Dass wir heute Nacht – also genau zu dieser Minute – einen dunkelroten Vollmond am Himmel sehen können und der doch super wäre für das Cover unserer ersten CD. Ob sie einen Fotoapparat zur Hand hätte, um ihn aufzunehmen.«

Ich muss mich beherrschen, um nicht laut loszulachen. »Solchen Quatsch glaubt sie?«

Naomi grinst mich frech an und zeigt mit dem Finger nach oben.

Ich glaube, ich guck nicht richtig. Über uns prangt tatsächlich ein riesiger roter Ball am Firmament: der dunkelrote Vollmond!

»Das hast du gewusst?«, frage ich. »Da haben wir aber Schwein gehabt, dass ausgerechnet heute…«

Naomi winkt ab: »Ehrlich gesagt: Das oder so etwas Ähnliches hätte ich ihr auch geschrieben, wenn heute ganz normaler Neumond gewesen wäre. Es hätte ja genügt, dass sie rausrennt und nachschaut.«

Jetzt muss ich wirklich lachen. »Naomi, du bist voll krass!«

»Weiß ich«, antwortet sie lächelnd.

»Und jetzt?«

»Durchsuchen wir die Jacht«, schlägt Naomi vor.

»Wir müssen nur aufpassen, dass uns niemand sieht, vor allem Shiona nicht.«

»Shiona ist unser geringstes Problem«, erklärt mir Naomi und zeigt mir ihr Smartphone. Shionas erste Bilder vom Vollmond sind eingetroffen. »Sie chattet jetzt mit mir. Das heißt, sie ist beschäftigt.«

»Okay, dann schauen wir uns zuerst draußen um. Hier vom Oberdeck haben wir eine gute Übersicht.«

»Eine gute Idee«, findet auch Naomi.

In dem Moment hören wir Stimmen, Rufe, ein Poltern. Was ist jetzt schon wieder los?

Hier oben am Pool ist wirklich niemand. Wir können

aber gut über die Reling hinunter aufs Deck schauen und sehen, wie einige Männer ein paar Kisten vom Frachter hinüber auf die Jacht tragen.

Was soll das? Die können ja wohl schlecht den Riesenfrachter entladen und alles auf die Jacht schleppen.

»Achtung!«, warnt Naomi.

Wir beide ducken uns weg.

Um ein Haar hätte Shiona uns gesehen, die jetzt dabei ist, den Mond von dieser Seite des Schiffes aus zu fotografieren. Kurz darauf meldet sich Naomis lautloses Smartphone mit neuen Fotos. War vielleicht doch keine so grandiose Idee, Shiona mit dem Mond abzulenken.

Die Männer schleppen die Kisten weiter übers Deck.

»Los«, sage ich. »Über die andere Seite nach vorn.«

Ungefähr zeitgleich mit den schleppenden Männern kommen wir an. Und ich traue meinen Augen nicht. Auf dem Vorderdeck parkt – ein Helikopter!

Die Männer gehen schnurstracks auf ihn zu und verladen die drei Kisten, die sie vom Frachter geholt haben.

Etwas abseits steht Shionas Vater. Direkt auf ihn zu steuert Shiona und gesellt sich zu ihm. Sie schaut auf ihr Smartphone und tippt etwas.

Sekunden später meldet Naomi: »Sie fliegen mit dem Hubschrauber nach Paris. Jetzt gleich.«

»Was?« Fast hätte ich es laut ausgerufen vor Staunen.

Naomi hält mir ihr Display entgegen. Soeben hat Shiona ihr mitgeteilt, dass sie sich auf der Jacht ihres Vaters befindet und mit ihm jetzt nach Paris fliegt.

»Und der Boss?«, frage ich.

Naomi schaut hinunter und zeigt dann aufs Deck.

In dem Moment tritt der Boss auf die Bildfläche.

»Ich vermute mal, der fliegt mit«, sagt Naomi.

Das vermute ich auch und habe nun ebenfalls eine Idee. »Das sollten wir auch tun!«, schlage ich vor.

»Was?« Naomi versteht nicht so recht.

»Mitfliegen«, sage ich.

Jetzt ist es Naomi, die entgeistert guckt. »Wie stellst du dir das vor? Die sehen uns doch!«

»Nicht, wenn wir in einer der Kisten stecken.«

Das ist mein Plan.

Naomi versteht. Und überlegt nicht lange.

»Ooookay«, sagt sie.

Wie wir gehofft haben, verschwinden die Träger wieder, Shiona verlässt auch noch mal das Deck, vielleicht, um ihr Gepäck zu holen. Und auch Shionas Vater geht fort, vermutlich, um sich von den Leuten auf dem Frachter zu verabschieden und Anweisungen zu erteilen. Für einen Moment also steht der Helikopter unbewacht und offen dort. Einen Piloten haben wir bislang auch noch nicht gesehen. Ich ahne, dass es auch keinen gibt.

»Weißt du, was ich glaube?«, sage ich zu Naomi. »Der Boss fliegt das Ding selbst. Ich nehme an, er ist damit gekommen und fliegt damit auch wieder fort.«

»Und nimmt Shiona und ihren Vater mit?«, fragt Naomi skeptisch nach.

Ich finde das auch merkwürdig.

»Wer weiß, vielleicht war dies hier nur die Begutachtung der Ware? Jetzt fliegen sie nach Paris, um das Geschäft abzuwickeln. Die drei Kisten nehmen sie mit, als Stichproben oder so.«

»Könnte sein«, stimmt Naomi mir zu. »Auf jeden Fall sollten wir uns beeilen, wenn wir unbemerkt an Bord wollen.«

Da der Weg zurück über die Treppe, hinunter aufs untere Deck und dann wieder nach vorn zum Bug uns zu lang und vor allem zu riskant erscheint, klettern wir beide schnell über die Reling, an der Schiffswand hinunter aufs untere Deck und hasten zum Helikopter.

»Das wäre *die* Gelegenheit, den Hubschrauber mitsamt den Stichproben zu klauen«, ruft Naomi mir zu, wobei sie frech grinst.

Ich lächle zurück. Das wäre in der Tat möglich. Denn wir beide hatten auf der Agentenakademie auch Flugunterricht. Wir können sowohl einen Helikopter als auch kleine einmotorige Flugzeuge fliegen.

»Leider würde uns das nicht weiterbringen«, fügt Naomi noch an.

Ich will ihr gerade zustimmen, doch dann …

»Wieso eigentlich nicht?«, frage ich zurück.

»Was? Wie meinst du das?« Naomi schaut sich nervös um. Sie weiß wie ich, dass wir nicht mehr viel Zeit haben. Jeden Moment könnte jemand wiederkommen: Shiona, ihr Vater, der Boss …

»Überleg mal«, sage ich. »Wir könnten den Inhalt der

Kisten von der Zentrale untersuchen lassen und wüssten endlich, um was es hier eigentlich geht. Gleichzeitig würden wir dem Deal des Bosses vermutlich einen empfindlichen Schlag versetzen. Denn er würde kaum persönlich hier mitten in der Nacht mit dem Helikopter landen, wenn es nicht total wichtig wäre.«

Naomi versteht. »Und drittens«, ergänzt sie, »könnten wir von hier abhauen ohne die geringste Gefahr, gesehen und enttarnt zu werden.«

Das ist das ausschlaggebende Argument.

»Also los!«, entscheide ich. »Und wenn wir Glück haben, ist im Flugnavi schon eingeben, wo der Boss hinfliegen wollte.«

Wir steigen eilig in den Hubschrauber ein. Ich rutsche durch auf den Co-Pilotensitz, Naomi setzt sich an den Steuerknüppel. Wir brauchen uns darüber nicht erst zu verständigen: Naomi ist die Technikerin in unserer Crew. Sie kennt sich mit allem, was irgendwie technisch ist, am besten aus. Und war zudem auch die Klassenbeste in unseren Flugstunden.

Auch wenn ähnlich wie beim Auto jeder Typ ein wenig anders ist, braucht Naomi nicht lange, um sich zurechtzufinden und den Helikopter zu starten. Er war weder abgeschlossen noch sonst irgendwie gesichert. Wozu auch? Er steht auf der Landefläche einer privaten Jacht. Niemand, weder der Boss noch einer seiner Gefolgsleute, rechnet damit, dass ausgerechnet hier jemand den Helikopter stehlen würde. Aber genau das tun wir.

Dröhnend startet der Motor und beginnen die Rotorblätter, sich zu drehen.

Naomi lässt das Licht zunächst ausgeschaltet.

Dennoch haben einige Leute der Crew das Motorengeräusch sofort richtig gedeutet und stürmen an Deck.

»Verflucht, sie sind schon da!«, rufe ich.

Aber da heben wir bereits ab. Der Hubschrauber steigt senkrecht in die Höhe. Und während wir wie in einem Fahrstuhl hoch in die Luft gesogen werden, sehe ich, dass einige der Mannschaft bereits Gewehre im Anschlag haben und auf uns zielen.

»Achtung!«, schreie ich. »Die schießen gleich auf uns!«

Naomi reagiert sofort. Sie legt den Helikopter schräg auf die Seite und dreht in einer weiten Rechtskurve ab übers Meer. Im nächsten Moment aber schwenkt sie um und fliegt eine Linkskurve. In wenigen Sekunden sind wir in der Dunkelheit der Nacht verschwunden. Es dauert eine Weile, ehe die Leute des Bosses ein paar Suchschweinwerfer angeschaltet haben, da sind wir schon außer Schussweite. Von Weitem sehe ich nur die Lichtkegel der Scheinwerfer über der Jacht ins Unendliche scheinen.

»Gut gemacht!«, lobe ich.

Wie immer bleibt Naomi konzentriert.

»Schau jetzt mal ins Flugnavi, ob die Koordinaten des Ziels schon einprogrammiert sind«, bittet sie mich und zeigt auf das Gerät.

»Du willst jetzt aber nicht ernsthaft ins Hauptquartier

des Bosses fliegen, oder?« Naomi traue ich so ziemlich alles zu, selbst so ein Himmelfahrtskommando.

»Nein«, beruhigt sie mich. »Aber ich möchte wissen, wo es sich befindet beziehungsweise wohin der Boss fliegen wollte.«

»Klar«, antworte ich. Denn mir ist bewusst, dass wir dort anschließend hinmüssen. Wie sonst sollen wir den Boss auf frischer Tat ertappen und ihn dingfest machen? Aber wir müssen einen anderen Weg finden, dorthin zu gelangen, als jetzt mit dem Hubschrauber direkt in die Höhle des Löwen zu fliegen. Ich schaue im Navi nach und notiere mir die Koordinaten. Anschließend nehme ich mein Smartphone, um die Zentrale zu informieren.

Ich rufe den Prof an und anschließend auch Charles, der ebenfalls lange nichts von uns gehört hat. Wir machen einen Treffpunkt in Paris aus.

In dem Moment empfängt Naomis Handy eine Nachricht von Shiona:

> Stell dir vor, Naomi, man hat uns soeben unseren Hubschrauber geklaut! Von einer Jacht! Ist das nicht irre? Die Diebe werden immer dreister.

Ich lese es Naomi vor, und wir beide müssen fürchterlich lachen.

PARIS

In tiefster Nacht erreichen wir Paris. Wir fliegen von Westen auf die Stadt zu und genießen einen Moment lang den Blick über die beleuchtete Großstadt. Sogar den Eiffelturm können wir aus dem Hubschrauber heraus sehen, obwohl wir längst nicht das Zentrum der Stadt erreicht haben und auch nicht erreichen werden. Die Zentrale hat uns Koordinaten übermittelt, wo wir landen sollen. Wie es scheint, handelt es sich dabei um ein Landgut außerhalb der Millionenstadt.

Naomi dreht ab, um den Koordinaten zu folgen. Richtung Innenstadt von Paris ginge es von uns aus gesehen jetzt geradeaus, also östlich, doch wir fliegen nach Süden. Schade eigentlich. Aber ist ja klar. Der Boss wird seinen Helikopter ganz offiziell angemeldet haben. Wenn er ihn nun als gestohlen meldet – und Naomi und ich sind überzeugt, das hat er getan –, würde uns die Pariser Polizei sicher einen unangenehmen Empfang bereiten. Möglicherweise würde sie uns sogar für Terroristen halten und uns abschießen! Alles denkbar, denn auch die Pariser Polizei weiß nichts von uns Kinderagenten. Deswegen mussten wir nun auch dringend abdrehen, sonst wären wir auf den Flughafen zugeflogen, was uns vermutlich zusätzlich die Flugsicherung auf den Hals gehetzt hätte. Stattdessen lassen wir das Pariser Zentrum nun hinter uns, noch bevor wir es überhaupt erreicht haben.

»Ich glaube, ich weiß, wo wir landen sollen«, sagt Naomi.

Paris ist schließlich ihre Heimatstadt. Sie kennt sich aus, obwohl Paris mit über zwei Millionen Einwohnern und insgesamt mehr als zwölf Millionen Bewohnern in der Metropolregion schon recht unübersichtlich ist.

»Knappe zwanzig Kilometer von hier gibt es einen Wildpark«, erläutert Naomi weiter. »Dort gibt es ein kleines Dorf mit gerade mal 1.400 Einwohnern: Châteaufort. Dort in der Nähe haben wir einen kleinen Stützpunkt. Es gibt sogar einen Flugplatz in der Nähe: Toussus-le-Noble. Vielleicht sollen wir den anfliegen.«

Naomi sollte recht behalten.

Nur wenige Flugminuten später ist der kleine Flugplatz schon zu sehen, auf dem ansonsten um diese Uhrzeit nichts mehr los ist. Die Zentrale hat offenbar in Windeseile nur für uns alles für eine Landung arrangiert, sodass wir davon ausgehen können, dass wir dort unten auf keine normalen Angestellten des Flughafen mehr treffen, sondern das gesamte Personal, das gerade tätig ist, ausschließlich aus Mitarbeitern des französischen Geheimdienstes besteht. Trotzdem: Auch die wissen nichts von uns Kinderagenten.

»Wie willst du dort landen, ohne dass die sehen, dass wir Kinder sind?«, frage ich Naomi.

»Ich hoffe doch sehr, der Prof hat vorgesorgt«, sagt sie.

Sie knabbert an ihrer Unterlippe, schaut mich an, runzelt die Stirn und sagt schließlich: »Du hast recht. Wir sollten vorsichtig sein.«

Deutlich sind auf der Landebahn die leuchtenden Markierungen zu erkennen. Statt die aber direkt anzufliegen, kreist Naomi noch mal eine Runde darüber.

»Der Prof hat zwar unsere Ankunft vorbereitet«, sage ich. »Aber er selbst kann noch gar nicht hier sein. Außer ihm wissen nur eine Handvoll Leute im Geheimdienst von uns. Wie sollen wir dort unten jetzt landen, ohne uns selbst zu enttarnen?«

Naomi lächelt mich an. »Eine Handvoll Leute in Deutschland!«, betont sie. »Aber in jedem Land gibt es ebenso eine Handvoll Leute, die Bescheid wissen. Dort unten, siehst du den roten Land Rover?«

Ich sehe ihn.

»Das ist der Wagen von Le Patron!«

»Von wem?«

»Le Patron«, wiederholt Naomi. »Übersetzt: der Chef. Er ist in Frankreich das für mich, was der Prof für dich ist.«

»Oh.« Klar! Ist ja logisch, dass jeder von uns Kinderagenten in seinem Land jeweils in eine gleiche Struktur eingebunden ist.

Naomi setzt zur Landung an.

Unten angekommen, empfängt Le Patron uns genauso, wie mein Prof es in Deutschland auch getan hätte: Er öffnet von außen die Tür vom Helikopter, zieht uns fast heraus, verdeckt uns, so gut es geht, mit seinem wehenden Trenchcoat, der hier in Frankreich einfach nur *Trench* heißt, läuft mit uns zum Wagen und drängt uns, so schnell wie möglich einzusteigen. Durch die getönten Scheiben kann uns nun von draußen niemand mehr erkennen. Hinausschauen kann man aber ganz normal. Und ich sehe, wie sofort hinter uns ein paar Männer auf den Hubschrauber zulaufen, um die drei Kisten auszupacken und in zwei Jeeps zu verladen.

Le Patron erklärt uns, dass sie so schnell wie möglich an die Auswertung gehen, und weist Naomi an, gleich morgen früh Shiona zu schreiben, dass sie, Naomi, in Begleitung von mir und Charles nach Paris kommen wird, um sich bei einem Radiosender als Nachwuchsband vorzustellen. Es ist bereits alles arrangiert. Übermorgen um achtzehn Uhr werden wir tatsächlich einen Auftritt bei einem Pariser Rundfunksender haben. Shiona wird völlig aus dem Häuschen sein, prophezeit Le Patron, und hofft, dass sie unbedingt zuvor mit der neuen Band noch fleißig üben will.

Ich verstehe: Üben bedeutet, Shiona wird uns in das französische Haus ihres Vaters einladen, wo wir hoffentlich noch mehr über den illegalen Deal erfahren werden.

»Allerdings«, werfe ich ein, »der Deal wird wohl gar

nicht über ihren Vater, sondern über den Boss selbst abgewickelt. Wie kommen wir an den heran?«

Ich hab vergessen, Französisch zu sprechen, und will es gerade nachholen, doch Le Patron winkt ab: »Keine Broblem. Isch vastehe allemand ganz gut!«

Ein Glück. Ich verstehe zwar Französisch, aber sprechen tu ich es nicht so gut, wie ich eigentlich sollte.

»Charles vient ici?«, fragt Naomi.

Le Patron bleibt seltsamerweise bei Deutsch. »Ja, Charles wird morgen Mittag in Paris landen. Mit dem Flugzeug, mit dem ihr beiden offiziell auch kommt – wenn Shiona fragt. Sie sollte euch am besten vom Flughafen abholen. Wir werden es dann so arrangieren, dass es aussieht, als kämet ihr drei aus dem Flieger.«

»Super!«, lobe ich den Plan. Ich ziehe mein Smartphone aus der Tasche und halte es Le Patron hin. »Das sind die Koordinaten, zu denen der Helikopter fliegen sollte. Vermutlich also der Stützpunkt vom Boss. Wissen Sie, wo das ist?«

Le Patron nickt. »Das werden wir euch morgen sagen. Denn dort werdet ihr ebenfalls hingehen müssen.«

Damit ist der Tag für uns aber nicht vorüber. Le Patron fährt uns mit dem Auto zurück nach Paris, wo wir in der französischen Zentrale ein Zimmer für die Übernachtung beziehen. In unseren Rucksäcken haben wir allerlei von unserer Agentenausrüstung, etwas für die Reise hatten wir allerdings nicht mitgenommen: keine Wäsche zum Wechseln, keine Zahnbürste, kein Waschzeug, einfach nichts. Das machen wir nie und haben es so auch gelernt. Ist ja irgendwie auch logisch. Ich meine, wenn man auf Verbrecherjagd ist, kann man schlecht einen Rollkoffer mit frischer Wäsche hinter sich herziehen. Le Patron bringt uns also einen kleinen Stapel Wäsche, Waschzeug, Bettwäsche … alles, was wir brauchen.

Doch wir haben keine Zeit, uns die Sachen genauer anzusehen oder gar anzuprobieren. Wir legen alles auf den Betten ab und gehen sofort los, um unsere Arbeit weiterzumachen. Denn wir hatten auf der Jacht ja an dem Fenster zum Salon hin eine Abhörwanze installiert. Jetzt, da der Boss auf der Jacht festsitzt, weil wir ihm den Helikopter geklaut haben, haben wir die große Chance mitzuhören, was der Boss und Shionas Vater besprechen. Wenn sie sich wirklich in diesem Salon unterhalten sollten.

Der Abhörraum ist genauso trist, öde und langweilig, wie man sich gemeinhin so einen Raum vorstellt: schmucklos, weiß getüncht, fensterlos, ohne ein einziges Bild an der Wand, mit einem Lüftungsgitter in der Decke. Eingerichtet mit lediglich zwei Schreibtischen, auf denen mehrere Computer nebeneinanderstehen.

Naomi erweckt einen zum Leben, richtet bei einem entsprechenden Audioprogramm die richtige Frequenz ein, setzt sich einen Kopfhörer auf und reicht mir ebenfalls einen.

Ich höre zuerst nur Rauschen, das aber schnell verschwindet und Stimmen weicht, die ich immer noch nur undeutlich hören kann.

»Warte.« Ich höre Naomi jetzt ebenfalls über meine Kopfhörer. »Ich filtere die Umgebungsgeräusche raus.«

Schon werden die Stimmen deutlicher.

Die Erste erkenne ich sofort. Ich schaue Naomi an und sage: »Shionas Vater!«

Naomi nickt und streckt mir den erhobenen Daumen entgegen. Wir scheinen Glück zu haben. Eine zweite Stimme ist zu hören. Naomi schaut mich erwartungsvoll an. Ich hatte schon mal mit dem Boss zu tun. Ich müsste seine Stimme erkennen. Und das tu ich auch. Nun strecke ich meinen Daumen nach oben.

Naomi ist zufrieden. »Bingo!« sagt sie strahlend.

In dem Moment betritt Le Patron den Raum. »Und?«

Naomi und ich heben unsere Daumen.

Le Patron kann es kaum fassen: Wir hören ein Gespräch der beiden vermutlich schwersten Verbrecher Europas ab! Das Erste, was wir erfahren, erleichtert und amüsiert uns. Denn natürlich fragen sich der Boss und Shionas Vater zunächst, wer ihnen den Helikopter gestohlen hat. Schließlich war niemand Fremdes mit einem Boot von außen herangekommen. Da sie von uns nach wie vor nichts ahnen, kommt für sie nur ein Schluss infrage: Es muss jemand aus ihrer Mannschaft gewesen sein. Während wir also nach Paris geflogen sind, haben Shionas Vater und der Boss beide Mannschaften – sowohl die vom Frachter als auch die der Jacht – überprüft und festgestellt, dass ein Mann fehlt. Also zunächst zwei, aber den, der auf mich geschossen hat und der von

Naomi überwältigt worden war, haben sie rechtzeitig aus dem Wasser fischen können. Doch dann fehlte immer noch einer. Selbst ich stutze zuerst: Wie kann da einer fehlen? Doch dann fällt es mir gleich wieder ein: Den, den wir gefesselt und geknebelt im Beiboot versteckt hatten, haben sie noch immer nicht gefunden. Genau den halten sie jetzt für einen Verräter und den Dieb des Hubschraubers. Gut für uns. Sehr gut sogar. So kommen sie gar nicht erst auf die Idee, dass jemand von außen auf ihr Schiff gelangt sein könnte. Naomi und ich grinsen uns an. Das haben wir wirklich gut gemacht. Auch wenn wir nicht ahnen konnten, dass wir uns mit der Entledigung des Mannes, der uns entdeckt hatte, gleichzeitig ein Alibi geschaffen haben. Aber es kommt noch besser: Der Boss und Shionas Vater glauben, ihr »Verräter« wollte sich wirklich nur den Helikopter unter den Nagel reißen. Sie sind sich sicher, dass er kein Spitzel der Polizei ist, weil er gar nichts wisse, wie Shionas Vater versichert. Und so kommen die beiden zu dem Schluss, nichts an ihren Plänen zu ändern.

Und das ist genau in unserem Sinne. Jetzt haben wir die besten Chancen, sie auf frischer Tat zu ertappen und festzunehmen. Denn die beiden reden weiter über die Ausführung ihres Plans, den wir nun mit allen Details mitbekommen.

Le Patron aber bleibt misstrauisch und entscheidet, dass Naomi und ich in den nächsten beiden Tagen dranbleiben sollen, bevor er eine bewaffnete Sondereinheit zur vermeintlichen Warenübergabe schickt. Immerhin haben wir die Ware noch immer nicht identifiziert. Wir wissen nach wie vor nicht, um was es sich bei dem »medizinischen Gerät« in Wahrheit handelt. Der Boss und Shionas Vater beenden ihr Gespräch und beschließen, schlafen zu gehen. Der Boss ist zwar nach wie vor stinksauer, dass ihm sein Helikopter abhandengekommen ist und er nun auf der Jacht festsitzt. Aber er hat keine Wahl. Morgen im Laufe des Vormittags wird die Jacht den Hafen von Paris erreichen.

Und so können auch wir uns ein paar Stunden Ruhe gönnen.

GEFANGEN?

Le Patron hat wirklich an alles gedacht. Am Flughafen, wo wir uns mit Charles treffen und uns von Shiona abholen lassen wollen, werden wir erst einmal durch einen kleinen, separaten Seiteneingang in die Ankunftshalle geschleust, um gleich, wenn Charles' Maschine gelandet ist, mit ihm durch den Ausgang zu gehen, als hätten auch wir in der Maschine gesessen.

Le Patron überreicht uns kleine, in Plastik eingeschweißte Kärtchen an Bändern, die wir uns um den Hals hängen sollen. Als ich sehe, um was es sich handelt, muss ich erst einmal laut auflachen. Es sind solche Kärtchen, mit denen Kinder ohne Begleitung von Erwachsenen fliegen, damit sie nicht verloren gehen und das Bodenpersonal sofort weiß, wen sie abholen und begleiten müssen. Für uns ist das natürlich wirklich ein Witz. Gestern noch haben Naomi und ich einer der meist gesuchtesten Mafiagrößen Europas den Helikopter gestohlen, und heute sollen wir solche Anhänger tragen, weil man uns Kindern nicht zutraut, allein auf einem Sitz zu sitzen und richtig auszusteigen.

Um unsere Tarnung nicht zu gefährden, hängen wir uns die Dinger natürlich um.

Auch Charles trägt so ein Kärtchen um den Hals, als er das soeben gelandete Flugzeug verlässt. Fröhlich winkend kommt er auf uns zu.

»Hello!«, ruft er uns zu. »Good to see you again!«

»Hi, Charles!«, rufen Naomi und ich fast wie aus einem Mund, umarmen ihn und heißen ihn aufs Allerherzlichste willkommen.

Doch Charles kommt schnell zur Sache. »Hat es funktioniert? Ist Shiona da?«

»Ja«, antworte ich ihm. »Laut Le Patron steht sie draußen mit einem Chauffeur ihres Vaters und sieht ganz aufgeregt aus, weil sie uns abholen darf.«

Naomi bestätigt: »Ich hab ihr gestern noch eine Nachricht geschickt. Sie war ganz aus dem Häuschen. Ich wette, sie hat die ganze Nacht nicht geschlafen. Ein Auftritt im Radio! Heute Morgen hat sie zehnmal per WhatsApp gefragt, was sie anziehen soll.«

»Anziehen?«, hake ich nach. »Wir sind im Radio! Da sieht uns doch keiner!«

Naomi lacht. »Das habe ich ihr auch zehnmal geantwortet. Aber … Moment!«

Naomis Handy hat sich soeben wieder gemeldet.

»Eine Nachricht von Shiona, ob wir schon aus dem Flugzeug ausgestiegen sind. Meine Güte, ist die aufgeregt.«

Le Patron hat Naomi und mir je einen kleinen Rucksack mit Gepäck mitgegeben, und Charles hat unsere Instrumente mitgebracht, die wir vom Gepäckband abholen müssen.

»Shiona will wissen, wo wir eigentlich ein Schlagzeug herbekommen«, liest Naomi von ihrem Display vor.

»Schreib ihr, wir es haben mitgebracht«, antwortet Charles lächelnd.

Zum Glück müssen wir nicht lange warten, packen unsere Instrumente auf einen Gepäckwagen, und schon passieren wir den Ausgang und sehen Shiona auch gleich. Sie quiekt laut und schrill auf, als sie uns entdeckt. Einige Passanten halten sich erschreckt die Ohren zu. Shiona rennt auf uns zu. Ich husche geistesgegenwärtig hinter Naomi und Charles, damit die beiden Shionas ersten Ansturm für mich abhalten.

Nach einer fast schon hysterischen Begrüßung durch Shiona landen wir endlich in der Limousine ihres Vaters, die von niemand Geringerem gefahren wird als dem Zwei-Meter-Hünen, den wir schon aus dem Schloss in Deutschland kennen.

Während der Fahrt besprechen wir mit Shiona, wann und wie wir für unseren Radioauftritt proben wollen. Aber in Wahrheit interessiert uns natürlich nur, wo wir hingefahren werden und ob dieser Ort mit den Koordinaten übereinstimmt, die im Helikopter eingespeichert waren. Vielleicht verrät uns Shiona ja unbewusst etwas darüber. Und wir müssen nicht einmal irgendetwas erfragen und umständlich auf das Thema kommen: Shiona entpuppt sich mal wieder als Quasselstrippe und plappert über alles, was in den vergangenen Tagen so passiert ist, von einem abgebrochenen Lippenstift bis hin zum gestohlenen Hubschrauber ihres Vaters.

»Euch ist ein Hubschrauber gestohlen worden?«, hake ich scheinheilig ein. »Das ist ja echt ein Ding!«

Ich spüre zwar, dass Shiona lieber weiter über ihren abgebrochenen Lieblingslippenstift sprechen würde, aber sie geht zum Glück auf meinen Einwurf ein.

Sie redet weiter drauflos, als wäre sie ein Sprechautomat, in den ich eine Münze eingeworfen hätte: »Also ehrlich! Könnt ihr euch so etwas vorstellen? Es war ein Mitarbeiter des Frach…«

»Okay, genug jetzt!«, unterbricht der Hüne sie scharf.

Shiona verstummt abrupt.

»Was?«, hake ich naiv nach. »Wieso? Was für ein Frachter?«

»Shionas Vater möchte nicht, dass weiter über diese Angelegenheit gesprochen wird«, erläutert der Hüne, bevor Shiona irgendetwas antworten kann.

»Warum nicht? Ich meine, ein Hubschrauber wird einem ja schließlich nicht jeden Tag gestohlen«, frage ich, wende mich aber dann einfach gleich wieder an Shiona direkt: »Wieso hattet ihr überhaupt einen Hubschrauber an Bord?«

»Das war ja nicht unserer«, plappert Shiona sofort wieder los. »Sondern der gehört…«

»Es reicht, Shiona!«, geht wieder der Hüne dazwischen.

Ich sage nun auch nichts mehr. Ein Blickkontakt mit Naomi und Charles genügt, und wir sind uns einig, dass wir Shiona später noch mal darauf ansprechen werden, wenn wir allein mit ihr sind. Denn ganz offensichtlich weiß Shiona kaum etwas über die Geschäfte ihres Vaters und plaudert bereitwillig über alles, was sie so mitbekommt.

»Schade, dass Kati nicht hier ist«, beginnt Naomi ein unverfänglicheres Thema. »Aber wir werden es auch ohne sie ganz gut schaffen, denke ich.«

»Ja«, stimmt Shiona ihr zu. »Ehrlich gesagt, Kati ist sowieso nicht besonders gut, aber halt meine beste Freundin. Doch musikalisch kann man sie durch eine Soundmaschine ersetzen. Ich dachte, das bekommst du am digitalen Mischpult bestimmt hin?«

Naomi nickt ihr zu. »Sicher.«

»Fein!« Shiona klatscht begeistert in die Hände.

Und dann biegt der Hüne auch schon links in eine Toreinfahrt ein. Vor einer Stadtvilla bleiben wir stehen. Wir sind offensichtlich da.

»Wow!«, rufe ich. »Noch so ein Wahnsinnshaus. Wie viele Häuser besitzt ihr denn?«

Shiona winkt ab. »Das gehört nicht uns, sondern einem Freund meines Vaters. Er darf es nutzen, wenn er in Paris zu tun hat. Übrigens derselbe Besitzer, dem auch der Hubschrau…«

»Shiona!« Wieder der Hüne.

»Ja«, mault Shiona. »Ist ja schon gut.« Sie verdreht die

Augen und macht uns mit ihrer Mimik klar, dass sie uns später mehr erzählen wird.

Prima!

Wieder treffen sich die Blicke von uns dreien. Dieses Haus gehört also dem Boss? Wir sind mitten in der Höhle des Löwen angekommen, in der wir jetzt sogar für einige Tage wohnen werden. Besser geht's nicht.

Naomi schaut auf ihrem Handy heimlich nach den Koordinaten und vergleicht sie. Dann zwinkert sie mir mit einem unauffälligen Blick zu. Das ist die Bestätigung: Wir sind genau dort, wo der Helikopter letzte Nacht hinfliegen sollte. Mit anderen Worten: Diese Villa ist ein Anwesen des Bosses, von dem unsere Zentrale noch nichts wusste, die in Deutschland jedenfalls nicht. Aber wie mir scheint, weiß auch Le Patron nichts von diesem Unterschlupf.

Das Tor vor uns öffnet sich automatisch. Wir fahren vor bis zum Haus. Der Hüne steigt aus, geht um den Wagen herum und öffnet Shiona die Tür.

»Werden wir hier proben?«, fragt Charles.

Shiona nickt ihm zu. »Ja, wohnen und proben. Aber ich bin auch zum ersten Mal hier. Letzte Nacht habe ich nur schnell mein Zimmer bezogen. Wir haben hier einen Übungsraum, in den ich heute Morgen schon ganz kurz reingeguckt hab. Perfekt, sage ich euch!«

»Super!«, freut sich Naomi ehrlich.

Ich hingegen bin skeptisch. Wenn dieses Haus wirklich dem Boss gehört, wieso sollte er Shiona hier einen

Übungsraum einrichten? Der Boss ist einer, von dem kein Geheimdienst auch nur den richtigen Namen kennt. Er lebt mit wechselnden Identitäten im Untergrund, ändert ständig seine Aufenthaltsorte, agiert stets aus dem Hintergrund. Er ist seit Jahren nicht zu fassen. Und dann lädt er die Tochter eines anderen Gangsters, eines »Geschäftspartners«, mitsamt einer ganzen Kindergruppe mal eben so in seine geheime und gut bewachte Villa ein? Der ist doch nicht blöd. Weshalb geht er ein solches Risiko ein, ohne dass er einen Vorteil daraus gewinnt? Für mich gibt es nur eine Erklärung, auch, wenn ich die für äußerst unwahrscheinlich halte: Der Boss weiß von uns Kinderagenten und will uns unter Kontrolle haben.

Andererseits kann das nicht sein. Niemand weiß von uns. Und auch, als der Boss hinter mir her war, hat er nicht erkennen können, dass ich erst zwölf Jahre alt bin.

Oder spielt Shiona uns nur die naive Möchtegern-Promi-Tussi vor? Ist sie in Wirklichkeit auf uns angesetzt und spioniert uns aus? Aber auch dafür wäre die Voraussetzung, dass der Boss etwas von uns Kinderagenten weiß oder ahnt. Das kann ich mir nicht vorstellen. Wir sind auch nicht unvorsichtig gewesen. Dennoch: Ich muss diesen Verdacht unbedingt so bald wie möglich mit Naomi und Charles besprechen. Vorerst verwerfe ich den Gedanken, nehme mir aber vor, auf der Hut zu sein.

»Ich zeige euch eure Zimmer. Dann treffen wir uns in einer halben Stunde im Übungsraum, okay? Einfach unten durch die Hintertür raus. Da seht ihr mehrere Garagen nebeneinander. Die linke ist ausgeräumt und für uns eingerichtet.«

»Cool«, kommentiert Naomi.

»Sehr interessant«, sagt Charles und fragt dann direkt nach. Hatte er den gleichen Gedanken wie ich? »Aber wieso? *I mean*, du weißt doch erst seit gestern, dass wir kommen.«

»Mein Vater hat das einrichten lassen, als er entschieden hat, mich mit nach Paris zu nehmen«, erläutert Shiona. »Er meinte, ich würde hier vielleicht auch ein paar nette Musiker kennenlernen. Ich glaube, er hatte Angst, dass ich mich sonst langweile. Dass ihr kommt, konnte er ja nicht ahnen. Total irre, dass ihr da seid!«

Shiona hat recht. Ihr Vater und erst recht der Boss konnten nicht ahnen, dass wir kommen. Es sei denn, sie haben uns schon seit Längerem als Agenten in Verdacht und uns eine Falle gestellt. Shiona dient womöglich nur als Köder, um uns nach Paris zu locken!

Mein Argwohn steigt auf jeden Fall.

»Also dann«, sagt Naomi. »In einer halben Stunde.«

»Geht klar«, sagt Shiona und verschwindet.

Wir drei schauen uns an. Mit einem Kopfnicken lade ich die drei kurz in mein Zimmer ein. Dort aber lege ich sofort meinen Finger auf den Mund, bevor irgendjemand etwas sagt. Die Wahrscheinlichkeit, dass jedes unserer Zimmer verwanzt ist, ist recht hoch. Das Haus gehört schließlich dem Boss.

Genau für solche Situationen ist sie wieder perfekt geeignet: die Gebärdensprache.

Ich teile den beiden stumm meinen Verdacht mit, dem sie kopfnickend zustimmen. Trotzdem bleibt unsere Hauptaufgabe, herauszubekommen, wo der Frachter seine Ware hinbringt, worum es sich dabei handelt und wohin sie weiterverschifft werden soll. Ebenso ist die Frage zu klären, weshalb Shionas Vater nach Paris gekommen ist, um den Boss aufzusuchen.

Fest steht, wir sind an dem Ort, zu dem die drei Kisten gebracht werden sollten, bei denen es sich offenbar um Ansichtsexemplare der Ware handelt. Der Boss hatte sich die Ware ja schon auf dem Frachter angesehen. Demnach wird hier noch jemand erwartet, der eigentliche Käufer der Ware, dem die Proben vorgeführt werden sollen. Da diese Proben aber nicht mehr da sind, weil Naomi und ich sie erfolgreich gestohlen haben, muss der Boss wohl improvisieren. Eine gute Voraussetzung dafür, Fehler zu machen. Wir müssen ihm unbedingt auf den Fersen bleiben. Das Dumme ist nur, vom Boss und Shionas Vater haben wir noch nichts gesehen.

Wo könnten die beiden sein?

Plötzlich platzt Shiona in mein Zimmer. Sie hat Tränen in den Augen und schluchzt.

»Unser Radioauftritt wurde abgesagt!«, ruft sie.

»Wie bitte?«, fragt Naomi nach.

Shiona erzählt, dass sie soeben der Radiosender direkt angerufen und abgesagt habe. Ohne weitere Begründung.

»Kurzfristige Programmänderung«, zitiert sie weinend. »Als ich nachfragen wollte, war das Gespräch schon beendet. Einfach aufgelegt!«

Naomi, Charles und ich schauen uns verwundert an. Davon wussten auch wir nichts. War unser Auftritt nur eine Finte unserer Zentrale, damit wir hier bei Shiona sein können? Gut möglich. Vielleicht hatte unsere Zentrale uns aber tatsächlich einen Auftritt organisiert. So hatte ich Le Patron jedenfalls verstanden. Dann aber muss jemand anderes ihn abgesagt haben. Vielleicht der Boss selbst? Oder Shionas Vater? Aber wieso?

Wenn ich so drüber nachdenke: Eigentlich spielt die Absage uns in die Hände. So bleibt uns mehr Zeit und Freiraum, den Boss und Shionas Vater auszuspionieren.

Ich unternehme gleich einen Versuch. »Vielleicht können wir einfach trotzdem zum Rundfunksender fahren und mal nachfragen, was dort los ist?«, schlage ich vor.

Shiona wischt sich ihre Tränen ab und schaut mich hoffnungsvoll an. »Meinst du, das würde etwas bringen?«, fragt sie.

Naomi und Charles scheinen hingegen nicht sehr begeistert zu sein von meinem Vorschlag. Deshalb schiebe ich schnell nach: »Dein Vater könnte uns doch hinfahren. Und vielleicht auch noch ein gutes Wort für uns einlegen!«

Jetzt verstehen auch Naomi und Charles. Mein Plan lautet, dass Shiona uns mit ihrem Vater zusammenbringen soll.

»Eigentlich eine gute Idee«, findet Shiona. Sie schnäuzt noch einmal aus, dann greift sie zum Handy und ruft ihren Vater an. Als er abnimmt, verlässt sie kurz mein Zimmer, um in Ruhe zu telefonieren.

»Wir müssen an die Nummer rankommen«, flüstert Naomi mir zu. »Dann kann ich das Handy orten und wir wissen, wo ihr Vater sich aufhält.«

»Das erledige ich«, meldet sich Charles.

Shiona kommt wieder ins Zimmer. Erneut heulend und total aufgelöst.

Was ist denn jetzt passiert?

»Was sagt dein Vater?«, fragt Charles nach.

»Er sagt, er hat keine Zeit. Und wir sollen zu Hause bleiben«, schluchzt Shiona. Vor Wut feuert sie ihr Handy in die Ecke. Zum Glück landet es weich auf meinem Bett und bleibt somit heil.

Charles zwinkert mir kurz zu, hebt das Handy auf und ich bemerke, wie er schnell die letzte aufgerufene Nummer anschaut, bevor er Shiona das Handy zurückgibt. Ich weiß, dass Charles die Nummer jetzt im Kopf hat. Darin ist Charles ein wirkliches Phänomen. Ein Blick auf eine Nummer genügt, und er kennt sie auswendig. Damals in der Agentenschule haben wir es mit Zahlen mit bis zu zwanzig Stellen getestet und sogar Wetten darauf abgeschlossen. Charles hat jede Wette gewonnen und sich nicht einen Fehler erlaubt.

»Was soll das heißen: zu Hause bleiben?«, hakt Naomi nach.

»Wir sollen nicht rausgehen«, antwortet Shiona.

Doch Naomi hat immer noch nicht so richtig verstanden: »Du meinst, nicht ohne Begleitung? Wir Kinder sollen nicht allein durch eine fremde Millionenstadt wie Paris streifen. Das meint dein Vater, oder?«

Naomi schaut kurz zu mir rüber. Ihr Blick sagt: Das wäre zwar blöd für uns, aber verständlich aus Sicht des Vaters.

Doch Shiona präzisiert: »Nein. Das wäre ja kein Problem, weil unser Hausdiener Bertram …« Aha, so heißt der Hüne also – »… uns ja sowieso fahren würde. Nein, wir sollen das Haus überhaupt nicht verlassen.«

Jetzt stutze ich allerdings genauso wie Naomi und Charles.

»Überhaupt – nicht – verlassen?«, wiederhole ich. »Soll das heißen, wir sind hier eingesperrt?«

Shiona zuckt mit den Schultern. »Äh, na ja, in gewisser Weise. Auf jeden Fall sollen wir alle das Haus nicht verlassen.«

»Hausarrest?«, empört sich Naomi. »Wie kommt dein Vater denn auf die Idee? Wir haben doch gar nichts verbrochen!«

Sofort geht sie los, um es auszuprobieren. Wir folgen ihr mit einem gewissen Abstand. Naomi kommt tatsächlich nur bis zur Haustür. Da steht Bertram, der Hüne, vor ihr. Schweigend, aber mit einem Blick, der keinen Widerspruch duldet und unmissverständlich verdeutlicht: Hier geht heute niemand aus dem Haus.

»Was soll das?«, empört sich Naomi. »Sie können uns doch nicht festhalten!«

»Nur zu eurer Sicherheit«, behauptet Bertram. »Eure Eltern werden uns dankbar sein.«

»Aber was sollen wir denn hier den ganzen Tag machen?«, entfährt es Naomi.

Das war keine gute Frage. Entsprechend reagiert Bertram prompt: »Üben? Im Übungsraum. Wie wär's damit?«

Er schaut einfach an Naomi vorbei ins Leere. Breitbeinig bleibt er vor der Haustür stehen wie ein Fels in der Brandung. Uns allen ist klar: An ihm kommen wir nicht vorbei.

Für einen Moment stehen wir vier etwas verdattert da. Auch mir fällt so schnell nicht ein, was wir jetzt tun sollen. Auf keinen Fall dürfen wir uns hier festhalten lassen wie Kaninchen im Käfig. Wir müssen herausbekommen, wo sich der Boss und Shionas Vater aufhalten und was sie gerade tun.

»Okay«, sage ich in die Runde. »Bertram hat recht. Machen wir Musik. Charles baut sein Schlagzeug auf, und dann kommen wir nachher dazu. Okay?«

Shiona ist einverstanden. Und Charles und Naomi sowieso. Charles hat verstanden, dass er Shiona eine Zeitlang beschäftigen soll, damit Naomi und ich Zeit haben, die Handynummer zu verfolgen. Und genauso machen wir es dann auch. Shiona geht vor zum Übungsraum. Charles holt sein Schlagzeug und flüstert Naomi die auswendig gelernte Nummer zu.

Kaum bin ich mit Naomi im Zimmer, öffnet sie auf ihrem Smartphone ihr Spezialprogramm, um die Handynummer zu orten. Und ich rufe die Abhörwanze auf, die ich auf dem Frachter installiert habe. Um alle Gespräche abzuhören, die sie in einer geheimen Cloud aufgenommen hat, habe ich jetzt keine Zeit. Aber ich kann verfolgen, wo sich der Frachter befindet.

»Er macht Stopp in Le Havre, dem Pariser Hafen an der Seine-Mündung zum Ärmelkanal«, informiere ich Naomi.

»Und genau auf dem Weg dorthin scheint auch Shionas Vater zu sein«, teilt Naomi mir mit. »Auf seiner Jacht im Binnenhafen Ports de Paris. Das ist übrigens gar nicht weit von hier.«

Ich schnipse mit dem Finger.

»Natürlich! Die Jacht ist doch ein idealer Ort, um einen Geschäftsmann zu treffen: den Kunden der Ware vom Frachter.«

»Das ist sehr gut möglich«, stimmt Naomi mir zu. »Und dann dürfte der Boss auch auf der Jacht sein. Wir müssen dorthin!«

»Gute Idee«, bestätige ich. »Nur: wie? Wir kommen ja nicht mal hier heraus.«

»Wieso nicht?« Und Naomi wiederholt das, was sie mir schon vor Kurzem auf dem Schiff gesagt hat: »Wozu sind wir Agenten?«

Ich muss schmunzeln. Offenbar hat Naomi schon wieder einen Plan.

»Charles muss uns bei Shiona entschuldigen. Am besten erzählt er ihr, dass wir heimlich zum Radiosender gefahren sind. Das wird sie gut finden«, fängt sie auch gleich an, laut zu überlegen.

»Und dichthalten. Sehr gut!«, sage ich.

»Ich hab auch schon eine Idee, wie wir aus dem Haus kommen.« Naomi tippt schon auf ihrem Smartphone herum.

»Echt? Wie? Das Haus und das Gelände drumherum werden überwacht sein«, wende ich ein.

»Aber nur an der Oberfläche«, antwortet Naomi lächelnd.

UNTERIRDISCHE FLUCHT

»Da willst du durch?«, frage ich Naomi. »Du meinst, das geht?«

Es ist bereits früher Abend. Wir haben mit Shiona am Nachmittag zwei Stunden Bandprobe hinter uns gebracht und nun erst einmal Ruhe. Jetzt stehe ich mit Naomi hinter dem Haus, direkt vor der Garage, in der wir vorhin noch geübt haben, und blicke auf einen geschlossenen Gullydeckel. Wir haben beide unsere Rucksäcke geschultert. Le Patron hat in das Gepäck, das er uns am Flughafen übergeben hatte, wirklich nur spärlich Wäsche zum Wechseln eingepackt. Vor allem ist der Rucksack gefüllt mit einer neuen kompletten Agentenausrüstung.

»Es ist eine Stadtvilla«, erläutert mir Naomi jetzt, »also an die Kanalisation angeschlossen. Die Abwasserkanäle in Großstädten sind groß genug, dass man durch sie durchlaufen kann. Oft gibt es richtige Fußwege für die Kanalarbeiter, falls sie etwas reparieren müssen. In Paris werden sogar unterirdische Touristenführungen durch einige Kanäle angeboten. Wir können also *unterirdisch* von hier verschwinden. Wie aus einem Gefängnis, was diese Villa für uns ja vielleicht auch sein soll.«

Aber: »Wie sollen wir in den Kanal hinabsteigen, ohne dabei von einer der Kameras gesehen zu werden?«, frage ich.

»Ganz einfach!« Naomi strahlt mich an und zeigt auf die Hausecke, um die gerade Charles gebogen kommt. Er hat einen Besen dabei, den er aus der Probengarage mitgenommen hat.

»Was will er denn mit einem Besen?«, frage ich.

»Wirst du gleich sehen. Bereit zum Abstieg?«, fragt Naomi. »Wir müssen schnell sein.«

»Okay«, sage ich. »Bereit.«

Sie drückt mir einen Haken in die Hand, der an einem Griff festgemacht ist. Sie selbst hat auch so einen. Ich erkenne sofort, wofür der da ist.

»Bei drei!«, gibt Naomi das Kommando. »Eins, zwei …« Sie gibt Charles ein Zeichen und sagt erst dann: »… drei!«

Charles steht unter einer Überwachungskamera, die er jetzt mit Hilfe des Besenstils einfach beiseitedreht.

»Jetzt!«, befiehlt Naomi.

Wir beide knien uns hin, stecken die Haken in die Löcher des Gullydeckels und können ihn nun anheben und beiseiteschieben.

»Geh du vor!«, sagt Naomi.

Wir holen blitzschnell unsere Stirnlampen aus den Rucksäcken, ziehen sie über unsere Köpfe und knipsen sie an. Dann steige ich, so schnell ich kann, die Leiter in den Kanal hinunter. Über mir sehe ich, wie Naomi mir folgt. Dann erkenne ich noch kurz Charles' Kopf über der Öffnung. Er winkt hinunter, wünscht uns viel Glück, dann schiebt er über uns den Deckel wieder zu.

»Er wird die Kamera wieder in die richtige Position stellen«, erläutert Naomi mir.

»Es stinkt entsetzlich!«, stelle ich fest. Ich habe das Gefühl, mich gleich übergeben zu müssen, so bestialisch ist der Gestank.

»Das haben Abwässer so an sich«, gibt Naomi belustigt zurück.

»Okay, und wo lang jetzt?«, frage ich.

»Dort entlang«, weist Naomi mich an. »Wir gehen nur einen Kilometer. Dann kommen wir in einem Wohngebiet heraus.«

»Mitten auf der Straße?«, frage ich. »Und wenn direkt ein Auto über uns fährt oder uns jemand sieht, wie wir aus dem Kanal krabbeln?«

Naomi bleibt kurz stehen und sieht mich an. Ihre Stirnlampe leuchtet mir direkt ins Gesicht, sodass ich ihres nicht erkennen kann.

»Hältst du mich für eine Amateurin?«, fragt sie gereizt. »Wir verlassen den Kanal natürlich genau an einer Baustelle und kommen in einem Bauzelt heraus. Niemand wird uns sehen. Es ist spät, und die Bauarbeiter haben Feierabend.«

»Wow!«, bringe ich nur hervor. »Das hast du alles in

der kurzen Zeit heute Mittag herausbekommen und geplant?«

Die Frage ist eigentlich überflüssig. Ich weiß natürlich, dass Naomi nicht nur mit dem Internet umgehen kann, sondern außerdem Zugang hat zu den Servern der europäischen Geheimdienste, auf denen noch mal ganz andere Informationen blitzschnell abrufbereit sind. Unter anderem auch Pläne der Kanalisationen und U-Bahn-Schächte der größten Städte Europas. Ich habe diese Zugänge auch, muss aber zugeben: Ich kann damit nicht annähernd so schnell und präzise arbeiten wie Naomi. Aber okay, Naomi ist auch etwas älter als ich und schon länger dabei. Sie weiß, dass ich das weiß, und antwortet deshalb auch gar nicht erst auf meine Frage.

»Hier geht's weiter«, sagt sie nur. Und geht voran.

Nach ungefähr zehn Minuten hält sie an. Und leuchtet auf die Wand etwa fünfzehn Meter vor uns, wo ich eine Steigleiter erkenne, die hinaufführt.

»Unser Ausgang?«

»Korrekt«, bestätigt Naomi.

Wir kommen tatsächlich in einem kleinen Bauzelt heraus, das über diesen Kanaldeckel gespannt ist. Offenbar haben die Kanalarbeiter genau an diesem Kanalschacht in den nächsten Tagen zu tun. Ein Blick auf mein Navi im Smartphone zeigt mir an, wo wir uns befinden: *93 Quai d'Orsay*, direkt an der Seine. Naomi hatte recht: Die Villa, von der wir kommen, liegt dicht am Wasser.

»Das ist sicher kein Zufall«, vermutet Naomi. »Der

Frachter hat doch am Terminal in Le Havre festgemacht, richtig?«

Stimmt. Ich rufe auf meinem Smartphone noch mal den Chip auf, den ich auf dem Frachter versteckt habe.

»Der Frachter liegt immer noch da.«

»Es sind zwar rund zweihundert Kilometer von hier, aber weiter kommt der Frachter nicht. Die Seine ist an vielen Stellen zu eng für Containerschiffe. Es könnte aber gut sein, dass die Jacht von Paris aus auch dorthinfahren wird«, sagt Naomi. »Das wäre logisch, immerhin haben sie die Proben nicht mehr, die sie dem Kunden zeigen wollen.«

Naomi lächelt wieder und denkt sicher genau wie ich gerade daran, wie wir den Gangsterbossen die Kisten und den Helikopter geklaut haben. Ich ahne, worauf sie hinauswill: »Du meinst, wir sollten mitfahren?«

Naomi nickt.

Ich suche mir im Internet die Daten der Jacht heraus. Offenbar schafft sie eine Spitzengeschwindigkeit von umgerechnet sechzig Stundenkilometern. Bei voller Fahrt braucht sie also etwas mehr als drei Stunden nach Le Havre. Realistischer sind vier Stunden. Sich so lange auf der Jacht zu verstecken und dabei sogar noch die Gelegenheit zu haben, die Gangsterbosse zu belauschen, müsste möglich sein.

In dem Moment erhält Naomi von Le Patron eine Nachricht.

»Jetzt wissen wir auch, worauf die warten: Die Einzelteile in den drei Kisten lassen sich zusammenbauen zu hochmodernen Schnellfeuergewehren.«

»Wow«, sage ich. »Illegaler Waffenhandel.«

»Ganz genau«, bestätigt Naomi. »Und bei der Menge der Kisten auf dem Frachter vermute ich, dass es sich nicht nur um Gewehre handelt, sondern bestimmt um einiges mehr.«

»Panzerfäuste, Maschinenpistolen …«, beginne ich aufzuzählen.

Naomi nickt. »Und wer weiß, was noch für Hightechwaffen!«

Ich weiß sofort, was sie meint: Drohnen.

»Oh Mann, Scheiße!«, stoße ich aus. »Und die sind bestimmt nicht zur Überwachung friedlicher Gebiete in der Welt bestimmt.«

»Non«, sagt Naomi und stößt einen bitteren Lacher aus. »Das ist Nachschub für Kriegsgebiete.«

Nach nicht mal fünfzehn Minuten Fußweg haben wir die Jacht erreicht.

»Glück gehabt, dass sie noch da ist«, sage ich. »Aber wie kommen wir jetzt unbemerkt rauf?«

»Ganz einfach«, antwortet Naomi, »wir gehen über die Gangway.«

»WAS? Bist du verrückt? Da sieht uns doch jeder!«

»Wer sagt denn das?«, widerspricht Naomi. »Die entscheidende Frage ist nicht, *wie* wir aufs Schiff kommen, sondern *wann*. Wir müssen einfach nur den richtigen Zeitpunkt abpassen. Wenn keiner an Deck ist.«

»*Einfach nur*«, wiederhole ich. »Ne, ist klar.«

Noch ist es nicht so spät am Abend, dass es auffällig wäre, dass zwei Kinder am Hafen entlangschlendern. Trotzdem sind wir auf der Hut, sehen uns unauffällig um, ob uns jemand im Visier hat. Das scheint nicht der Fall zu sein. Hier im kleinen Hafen, an dem ohnehin nur Ausflugsboote, Hausboote oder Jachten festmachen, herrscht Feierabendstimmung.

Aber wie es immer so ist: Gerade, wenn man denkt, alles läuft reibungslos, passiert etwas Unvorhergesehenes; etwas, womit man ganz und gar nicht gerechnet hat; eine Nebensächlichkeit, die man nicht auf dem Schirm hatte, die einem aber eine ganze Operation vollständig versauen kann.

Mit einem Mal tauchen zwei Jugendliche vor uns auf, oder junge Erwachsene, ganz wie man will. Vielleicht so 17 oder 18 Jahre alt. Mit einem Blick ist mir klar: Das sind zwei Hirnis wie Gonzo oder Murat. Kurzum: Die beiden bedeuten Ärger. Und sie werden sich mit Sicherheit nicht so einfach austricksen und hinters Licht führen lassen wie meine nervigen Bekannten zu Hause. Auch wenn Naomi und ich Französisch sprechen.

Die beiden bauen sich etwa zehn Schritte vor uns langsam auf und versperren uns den Weg. Den Seitenblick zu Naomi kann ich mir sparen. Mir ist klar, dass sie innerlich ebenso auf höchste Alarmbereitschaft gepolt ist wie ich. Und ebenso klar ist, dass ich den Typen links vor mir übernehme und Naomi den rechten. Das haben wir x-mal so auf der Agentenschule geübt. Die Frage ist, wer kommt da noch von hinten?

Naomi und ich bleiben nicht stehen und verlangsamen unsere Schritte auch nicht. Das war immer ein wichtiger Teil unserer Übung. Nur so funktioniert der Überraschungseffekt. Während wir in unserem normalen Tempo weitergehen und so tun, als würden wir von unserem Unheil noch nicht mal etwas ahnen, werfe ich einen kurzen Blick nach hinten, wo uns noch einer folgt. Sie sind also nur zu dritt. Das macht die Sache leichter.

Jetzt sind es nur noch drei Schritte bis zu den beiden, die breitbeinig vor uns stehen.

»Bonsoir!«, begrüßt uns der Rechte.

Zu mehr kommt er nicht. Vermutlich sollte das nur die Einleitung sein zu irgendeinem fadenscheinigen Spruch wie »Na, wen haben wir denn da?« oder »So allein in dieser finsteren Gegend?«. Um dann die Messer zu ziehen und unser Geld und unsere Handys zu fordern. Aber wie gesagt: Dazu kommt er gar nicht.

Das »Bonsoir!« hat er noch nicht einmal vollständig ausgesprochen, da hat er bereits Naomis Stiefel im Gesicht, während ich zeitgleich nach einer schnellen Drehung dem Linken mit meinem Stiefelabsatz in die Magenkuhle trete. Der Rechte fliegt mit einem Aufschrei hintenüber auf den Boden, während der Linke vornüber zusammensackt. Noch ehe der Typ hinter uns begreift, was hier los ist, hat Naomi sich schon gedreht und ihm mit einem gezielten Schlag das Nasenbein gebrochen.

Auf Französisch faucht sie die drei an, dass sie schleunigst verschwinden sollen.

Der Typ von hinten hält sich mit den Händen die stark blutende Nase, schaut entsetzt auf Naomi, als hätte er sich mit dem Teufel persönlich angelegt, und rennt davon. Der Rechte rappelt sich auf und scheint noch zu überlegen, was er tun soll, während mein direkter Gegner plötzlich ein Springmesser in seiner rechten Hand hält und gerade aufstehen will. Ich aber bin schneller. Ein Tritt gegen das Handgelenk, wodurch ihm die Waffe aus der Hand fällt, ein Schlag auf seine Nase, dann verdrehe ich ihm den Arm und belasse es dabei, ihn nur zu verstauchen, statt ihm den Arm zu brechen. Dennoch schreit er auf. Der Rechte entscheidet sich bei dem Anblick nun endlich auch, abzuhauen. Und meinen Gegner lasse ich ebenfalls laufen. Festnehmen und anzeigen können wir sie nicht. Da wäre die Gefahr zu groß, dass die Polizei nachforscht, wer denn eigentlich wir – Naomi und ich – sind und wo wir herkommen.

»Die haben uns gerade noch gefehlt«, schimpft Naomi entsprechend. »Idioten! Um ein Haar hätten die uns unseren ganzen Fall kaputtgemacht.«

»Stattdessen ist jetzt die Nase kaputt«, sage ich, um mit diesem kleinen Scherz die Lage wieder ein wenig zu entspannen.

Doch Naomi – einmal in ihrem Element – scheint jetzt auf Krawall gebürstet zu sein. »Hoffentlich waren wir nicht zu gnädig mit den Idioten!«

Jetzt bleibe ich kurz stehen, vor Verblüffung. »Zu gnädig? Du hast dem die Nase gebrochen!«

»Eben«, bestätigte Naomi. »Nur dem *einen*. Wenn das nicht gnädig ist.«

Ich schüttle den Kopf und gehe mit Naomi weiter. Und denke, dass ich dieses zarte, schmächtige Mädchen auf keinen Fall jemals zur Feindin haben möchte.

Dann sind wir da. Vor uns liegt die Jacht. Mit einem dämmrigen Licht beleuchtet, das von einigen kleinen Lämpchen und von unten aus einigen Fenstern herausschimmert.

»Es sind Leute auf dem Schiff«, stelle ich fest.

»Ich hab nichts anderes erwartet«, sagt Naomi. »Wir können nur hoffen, dass Shionas Vater, der Boss und ihr Kunde auch dabei sind.«

»Besser wäre, wenn die erst noch kommen würden«, wende ich ein. »Denn dann könnten wir sicher sein, dass die Jacht noch nicht losfähr…«

In dem Moment springt der Motor des Schiffs an. An Deck erscheinen zwei kräftig aussehende Burschen. Einer der beiden läuft die Gangway hinunter auf den Kai, löst die Taue von den Pollern, rennt zurück an Deck und holt die Gangway ein.

»Die fahren los!«, stelle ich mit Entsetzen fest. »Ohne uns!«

»Wir müssen an Bord. Schnell!«, zischt Naomi mir zu.

»Wie denn?« Die beiden Männer an Deck schauen zum Abschied auf den kleinen Hafen. Unmöglich, an Bord zu springen, ohne von ihnen gesehen zu werden. Außerdem hat die Jacht nun schon abgelegt. Zwei, drei Meter hat sie sich bereits von der Kaimauer entfernt, zu weit, als dass man noch einen Sprung aufs Deck schaffen würde.

»Scheiße! Verflucht! Merde!«, schimpft Naomi.

Auch ich bin fassungslos. So einfach können wir uns doch nicht abhängen lassen. Nicht jetzt, nicht in letzter Sekunde. Aber was sollen wir tun? Dann entdecke ich etwas.

»Dort! Das Motorboot!«, rufe ich Naomi zu und zeige auf ein kleines Sportboot, das an der Kaimauer festgemacht ist und auf den Wellen, die die abfahrende Jacht produziert, sachte auf und ab schaukelt.

»Und dann?«, fragt Naomi.

»Das sehen wir dann«, antworte ich. »Erst mal hinterher, bevor es zu spät ist!«

Das leuchtet ihr ein. Wir spurten los. Naomi springt auf das kleine Boot, rutscht mit einem Fuß ab, kann sich aber gerade noch festhalten und dadurch vor einem ungewollten Bauchklatscher ins Wasser retten. Ich löse das Seil, mit dem das Boot festgemacht ist, springe hinterher.

»Kannst du es starten?«, fragt Naomi.

Obwohl auch ein Motorboot ein technisches Gerät ist, kann ich besser damit umgehen als Naomi. Sofort kriege ich zwei Drähte zu fassen, um den Motor kurzzuschließen, und drücke den Startknopf. Der Motor springt an. Wir legen ab. Ich wende das Boot, gebe kurz Vollgas und tuckere dann der Jacht hinterher.

Verfolgungsjagden haben wir auf der Agentenakademie natürlich reihenweise geübt. Aber dass ich mal mit einem Sportboot eine Jacht verfolgen würde, hätte ich mir nicht träumen lassen.

»Okay«, sagt Naomi, »wir sind auf dem Sportboot, wir haben die Jacht im Blick. Und was machen wir jetzt?«

Mir ist schon klar, dass wir nicht vier Stunden lang hinter der Jacht herfahren können. Vermutlich würde dazu auch unser Benzin nicht reichen.

Obwohl wir Glück haben: Die Tankanzeige steht auf drei viertel voll.

»Wir warten auf die Nacht, bis es dunkel wird. Dann müssen wir irgendwie versuchen, an Bord zu gelangen«, schlage ich vor.

»Okay.« Zumindest fällt Naomi auch nichts Besseres ein. Sie blickt auf die Uhr.

»Es ist sieben.«

»Jetzt wäre eigentlich unser Termin beim Radio«, unterbreche ich sie.

»Stimmt!«, sagt Naomi. »Daran hab ich gar nicht mehr gedacht. Ich wollte sagen: Noch rund drei Stunden, bis es dunkel wird. Dann sind wir fast schon da.«

»Umso besser«, finde ich. »Vorausgesetzt, unser Benzin hält so lange. Aber dann brauchen wir uns nur eine relativ kurze Zeit auf der Jacht zu verstecken.«

Ich reduziere die Geschwindigkeit auf die halbe Kraft.

»Was tust du da?«, fragt Naomi. »Wir verlieren sie aus den Augen, wenn wir so langsam fahren.«

»Das hoffe ich doch sehr«, erkläre ich ihr. »Denn dann sehen die uns auch nicht. Und wir wissen doch, wo sie hinfahren. Wir brauchen nur der Seine zu folgen. Außerdem sparen wir Benzin, wenn wir nicht volle Kraft fahren. Wenn wir Glück haben, reicht unser Sprit sogar bis zum Containerhafen. Und wir brauchen gar nicht auf die Jacht.«

»Und wenn wir Pech haben?«, fragt Naomi sofort nach.

Leider kann man ihr nichts vormachen. »Wir haben kein Pech.«, verspreche ich ihr. »Wir müssen nur auf die Tankanzeige achten. Und im Zweifel wieder auf volle Kraft aufdrehen, um die Jacht rechtzeitig einzuholen, bevor uns das Benzin vollends ausgeht.«

»Okay.« Naomi hat verstanden.

»Das Blöde ist ...«, wende ich ein, »... dass ich allmählich Hunger bekomme.«

Aber das ist nicht so schlimm. Schlimmer ist, dass ich auch Durst habe und einen völlig trockenen Mund.

GEFÄHRLICHER UNFALL

Seit anderthalb Stunden fahren wir nun der Jacht hinterher. Mein Hintern tut weh. Die Sitze des kleinen Motorboots, das wir gestohlen, äh, ich meine natürlich, uns ausgeliehen haben sind recht hart. Zu allem Überfluss haben sich über uns die Wolken zusammengezogen und es beginnt zu regnen.

»Verflixt!«, fluche ich. »Dieses Boot hat kein Verdeck.«

Naomi schaut sich um und entdeckt etwas unter der hinteren Bank. »Da liegt eine Persenning.«

»Die nützt uns nichts. Damit könnte man das Boot nur flach abdecken, und wir können nicht mehr drinsitzen und fahren«, erwidere ich. »Wir haben keine Chance. Wir werden halt nass.«

»Mist«, kommentiert Naomi.

Als wir aufgebrochen sind, hatten wir blauen Himmel und Sonnenschein. Wir beide sind nicht auf die Idee gekommen, mal auf die Wetter-App zu schauen. So haben wir zwar einen tollen Rucksack mit Agentenausrüstung dabei, aber keinerlei Regenkleidung. Ich hab nicht mal eine Jacke bei mir. Mittlerweile ist es auch sehr kühl geworden. Die Nässe tut ihr Übriges. Ich beginne zu frieren.

Als wäre das nicht blöd genug, sehe ich, dass auch noch der Tank schneller zur Neige geht als gedacht. »Nur noch etwas mehr als ein Viertel voll!«

»Warte mal.« Naomi erhebt sich von ihrem Sitz und klettert nach hinten, wo die Persenning zusammengefaltet unter der Rückbank liegt, und zieht sie heraus.

»Was hast du vor?«, frage ich sie. »Die Plane nützt uns nichts. Wenn wir sie nicht festzurren, fliegt sie uns aus den Händen.«

»Die Plane interessiert mich nicht«, antwortet Naomi. Sie kriecht halb unter die Rückbank, leuchtet mit ihrer Taschenlampe darunter und …

»Bingo!«, ruft sie freudig. Sie hält einen Benzinkanister in die Höhe! »Hab ich mir doch gedacht, dass es einen Reservekanister gibt. Kein Bootsbesitzer riskiert es, draußen auf dem Wasser liegen zu bleiben.«

»Aber das sind gerade mal zehn Liter«, entgegne ich. »Der Tank dieses Boots fasst rund 190 Liter. Da bringen uns zehn Liter nicht wirklich weiter.«

»Es gibt insgesamt vier volle Kanister hier unten im Fach«, korrigiert Naomi.

Vierzig Liter, okay, das ist schon mal was. Ich strecke Naomi den erhobenen Daumen entgegen. »Gut gemacht!«

Naomi stellt den Kanister zurück, stopft die Persenning wieder unter die Bank und kehrt zurück zu ihrem Sitz.

»Weißt du, was uns noch fehlt?«, frage ich sie, warte ihre Antwort aber gar nicht ab. »Wasser. Ich habe schrecklichen Durst.«

»Hast du etwa keines dabei?«, fragt sie erstaunt.

Ich schüttle den Kopf. »Nein. Du etwa?«

»Natürlich!«

Naomi denkt einfach immer an alles. Sie zaubert eine Flasche Wasser aus ihrem Rucksack. »Hier.«

»Danke, das ist meine Rettung!« Ich trinke gierig einige Schlucke, setze ab und gestehe: »An Wasser hab ich echt nicht gedacht. Ich hab auch nicht damit gerechnet, dass wir mehrere Stunden mit einem fremden Boot fahren würden.«

»Mit so etwas muss man doch *immer* rechnen«, weist Naomi mich zurecht. »Lektion 23 unserer …«

»Ja, ja, schon gut.« Ich winke beschwichtigend ab. »Lektion 23, Thema *Außeneinsatz* auf der Agentenakademie. Ich weiß, ich weiß.«

»Ja und?«, hakt Naomi nach. »Wenn du das weißt, wieso hast du dann keine …?«

»Weil man auch mal was vergessen kann!« Okay, das ist keine Entschuldigung. Solche Nachlässigkeiten darf man sich als Agent nicht erlauben. Deshalb sage ich nichts mehr dazu außer: »Danke, dass *du* dran gedacht hast.«

»Kein Problem«, winkt Naomi ab.

Ich weiß, dass sie mit Lob nicht so gut umgehen kann. Naomi war in vielen Bereichen die Beste der Akademie. Okay, unsere Klasse war die Einzige der Schule und noch nicht mal besonders groß. Dafür aber besaß jeder Agentenschüler wirklich eine Menge außerordentlicher Fähigkeiten. Da war es keinesfalls leicht, zu den Besten zu gehören.

Es gießt mittlerweile in Strömen. Und da es auch noch Nacht ist, kann ich kaum etwas sehen.

»Mist, ich muss langsamer fahren. Sonst krache ich noch irgendwo gegen.« Ich traue mich nicht, unsere Positionslichter einzuschalten, geschweige denn irgendeinen Scheinwerfer. Zwar ist die Jacht vor uns außer Sichtweite, trotzdem ist mir das Risiko zu hoch, gesehen zu werden.

»Ich glaube eher, du solltest Vollspeed geben«, wiederspricht Naomi.

»Was? Wieso das denn? Ich kann …«, will ich einwenden.

Doch Naomi lässt mich gar nicht ausreden. »Wir werden verfolgt.«

Ich drehe mich um. »Ach, du Scheiße!«

Hinter uns nähert sich tatsächlich ein Boot. Und zwar nicht irgendeines, sondern eines mit Blaulicht.

»Die sind von der Préfecture de Police«, ist Naomi sich sicher, »die Wasserschutzpolizei.«

Wasserschutzpolizei?! Und wir beide ahnen auch, weshalb. Naomi spricht es aus: »Die sind hinter uns her, weil wir das Boot geklaut haben! Der Besitzer muss es leider zu früh bemerkt haben.«

»Scheiße!«, fluche ich. »Und jetzt?«

Auf keinen Fall dürfen die uns erwischen. Es klingt

zwar absurd: Wir müssen der Polizei entkommen, weil wir uns gerade auf Verbrecherjagd befinden. Aber so ist es nun mal. Niemand darf von uns YOUNG AGENTS erfahren. Wenn wir auffliegen, gefährden wir das gesamte Projekt. Europaweit. Das oberste Gebot lautet also für uns alle: sich unter gar keinen Umständen erwischen oder enttarnen lassen. Mit anderen Worten: Für die Polizei, die hinter uns her ist, sind wir zwei ganz normale Diebe; verwahrloste Jugendliche, die ein Motorboot gestohlen haben. Und wir dürften das nicht aufklären. Die Polizei würde nach unseren Eltern fragen, uns mitnehmen und so weiter. Nein, das geht auf keinen Fall. Zu dicht sind wir der Organisierten Kriminalität, dem Boss als Ober-Mafioso, auf den Fersen. Wir müssen hier weg!

Ich lege den Hebel nach vorn und brause mit Höchstgeschwindigkeit los. Unser Motorboot schafft eine Spitzengeschwindigkeit von knapp 38 Knoten, das sind siebzig Stundenkilometer! Allerdings gut möglich, dass das Polizeiboot auch nicht viel langsamer ist. Zumindest ist es schnell genug, um dicht dranzubleiben. Unweigerlich würde ich dann irgendwann die Jacht vor uns einholen und denen direkt das Polizeiboot mit Blaulicht auf den Hals hetzen. Die Polizisten wollen zwar gar nichts von denen, aber das wissen der Boss und Shionas Vater nicht. Vermutlich würden sie ihr Treffen mit dem Frachter abbrechen, und wir stünden wieder mit leeren Händen da. Nein, es hilft alles nichts. Wir müssen die Polizei abschütteln.

»Ich lege hinter der nächsten Kurve am Ufer an, dann müssen wir uns erst mal zu Fuß weiter durchschlagen«, schlage ich Naomi vor.

Die sieht auch keine andere Möglichkeit. »Und ich habe auch schon eine Idee, wie wir dann weiterkommen.«

»Okay«, sage ich. »Erzähl es mir gleich.«

Meine volle Konzentration gilt jetzt meinem Höllenritt über das Wasser. Mit siebzig Stundenkilometern bei strömendem Regen in tiefschwarzer Nacht über den Fluss zu heizen, das ist – selbstmörderisch! Ich sehe so gut wie nichts, halte mich deshalb erst mal möglichst in der Mitte des Flusses. Oder besser gesagt dem, was ich für die Mitte halte. Denn ich sehe wirklich nichts. Außer …

»Was ist das da vorn?«, frage ich.

Naomi, die bisher nach dem Polizeiboot hinter uns Ausschau gehalten hat, dreht sich nach vorn. »Was meinst du?«

»Das dort vor uns«, sage ich. »Leuchtet da etwas? Ist das etwa …?«

»Was da leuchtet?«, wiederholt Naomi entsetzt. »Bist du blind? Das sind zwei Lampen: grün und rot. Positionslichter. Du fährst direkt auf ein entgegenkommendes Schiff zu!«

»OH SCHEISSE!« Siebzig Stundenkilometer sind verdammt schnell, besonders, wenn man auf ein Schiff zurast, das ebenfalls mindestens vierzig Sachen drauf hat.

»Ausweichen!«, schreit Naomi. »Ausweichen!«

»Jaaaaa!«, brülle ich zurück, während ich das Ruder hart steuerbord herumreiße.

Leider hat der Kapitän des entgegenkommenden Schiffes den gleichen Gedanken. Er hat uns sicher zu spät gesehen, da wir gar kein Licht anhaben. Jetzt weicht er zur selben Seite aus wie wir. Dabei tutet das Schiff mit seiner tiefen Schiffssirene.

»WAS MACHT DER DENN, VERDAMMT?«, brülle ich. »Der muss doch nach rechts! NACH RECHTS WEICHT MAN AUS, MANN!«

Da wir nach wie vor aufeinander zurasen, reiße ich das Ruder zur anderen Seite herum.

Im selben Moment kommt mein Gegenüber auf die gleiche Idee.

Wir jagen weiter aufeinander zu.

»MANN!«, schreie ich.

»GAS WEG!«, schreit mir Naomi ins Ohr. »Bremsen!«

Bremsen kann man aber auf dem Wasser nicht. Man kann nur den Motor stoppen oder ihn auf rückwärts schalten. Doch ich entscheide mich anders. Ich gebe weiter Vollgas, reiße das Ruder aber nun vollends herum, um eine Kehrtwende um 180 Grad zu machen. Mein Plan ist gut, nur habe ich zu viel Tempo drauf. Unser Boot kippt in eine gefährliche Schräglage. Für einen Moment habe ich das Gefühl, wir fahren nur noch auf der linken Kante des Boots, der Rest ragt aus dem Wasser heraus, inklusive unserer Schiffsschraube. So arg ist es in Wahrheit nicht, aber dennoch. Durch mein waghalsiges Wendemanöver spritzt unser Boot eine riesige Wasserfontäne in Richtung des entgegenkommenden Schiffs. Naomi schreit auf, fällt fast über mich aus dem Boot, kann sich aber gerade noch festhalten, knallt trotzdem auf mich drauf. Unser Boot kracht mit seiner ganzen Breite wieder zurück aufs Wasser. Die Wende ist vollzogen. Ich jage wieder geradeaus, mit vollem Karacho. Und zwar jetzt direkt aufs Polizeiboot zu.

An unserer Situation hat sich damit nichts geändert, nur unser Gegenüber hat gewechselt.

»AUSWEICHEN!«, brüllt Naomi erneut.

Aber das Polizeiboot ist kleiner als das andere Schiff, das jetzt hinter uns fährt. Ihm kann ich leichter ausweichen. Im Prinzip. Aber da die Polizisten uns ja stoppen wollen, stellt sich ihr Boot quer, um uns an der Weiterfahrt zu hindern. Ihr Blaulicht blinkt. Jemand ist an Deck getreten und brüllt uns etwas per Megafon entgegen.

»Die wollen, dass wir stoppen!«, ruft Naomi.

Ich will mich aber nicht stoppen lassen. Dadurch, dass wenigstens das Polizeiboot beleuchtet ist und seine Scheinwerfer mit voller Kraft Richtung Ufer strahlen, kann ich nun immerhin etwas sehen. Auf der rechten Seite ist zwischen Polizeiboot und Ufer noch Platz. Nicht viel, aber genug, um durchzukommen.

Hoffe ich.

»Festhalten!«, rufe ich Naomi zu.

Und rase mit Vollgas auf die Lücke zu.

Der Polizist am Megafon brüllt lauter. Die Lücke zu

fahren können sie nicht mehr, denn zum Stopp ist es bei meinem Tempo zu spät. Ich würde denen mit Karacho in die Seite brettern. Das haben die Polizisten offenbar auch erkannt. Sicherheitshalber setzt das Boot sogar ein wenig zurück und verbreitert so die Lücke, durch die ich jetzt hindurchpresche.

»Gut gemacht«, lobt Naomi.

Doch das Lob kommt ein bisschen zu früh. Denn kaum habe ich das Polizeiboot passiert, wird es für mich wieder stockdunkel. Die Polizeischeinwerfer drehen sich zu langsam in meine Richtung, sodass ich wieder in die finstere Nacht rase.

»Ich glaube, da vorn ist …«, setzt Naomi an.

Weiter kommt sie nicht. Ihr Satz wird durch einen Knall, gefolgt von einem berstenden Geräusch, unterbrochen. Wir krachen gegen irgendetwas. Unser Boot wird aus dem Wasser herausgerissen, in die Höhe geworfen.

Wir schreien.

Ich spüre harte Aufschläge auf meinem Körper.

Überall.

Schmerz.

Ich fliege.

Habe das Boot und den Boden unter den Füßen verloren.

Mir fehlt jegliche Orientierung.

Klatsche knallhart aufs Wasser.

Hole reflexartig noch einmal tief Luft.

Schon tauche ich ins Wasser ein.

Sprudelndes Wasser um mich herum. Grelle Lichtblitze.

Ich höre dumpfes Getöse. Knallgeräusche.

Taumelnd sinke ich im Wasser ab. Eine Art Strudel hat mich erfasst, wirbelt mich herum.

Ich weiß nicht mehr, wo oben und unten ist.

Nur langsam beruhigt es sich um mich herum.

Ich spüre Schmerzen überall, am Kopf, in den Armen, am rechten Knie.

Instinktiv beginne ich mit Schwimmbewegungen, weiß aber noch immer nicht, in welche Richtung ich mich eigentlich bewege.

Jetzt erkenne ich einen leichten Lichtschimmer. Ich drehe mich entsprechend und schwimme dem Licht entgegen, das heißt, nach oben.

Endlich tauche ich auf.

Etwa hundert Meter von mir entfernt brennt etwas mitten auf dem Wasser lichterloh. Ich begreife, dass das unser Motorboot ist.

Von links kommt das Polizeiboot auf uns zu. Es fährt langsam. Ein Scheinwerfer sucht bereits die Wasseroberfläche ab. Weit im Hintergrund sehe ich die Positionslichter des Schiffs, das uns entgegengekommen war.

Wo aber ist Naomi?

Ich drehe mich schwimmend auf der Stelle, schaue mich um, kann im Dunkeln aber kaum etwas sehen und muss mich gleichzeitig davor in Acht nehmen, nicht von dem Suchscheinwerfer der Polizei erwischt zu werden, der immer näher kommt. Nur im flackernden Schein des Feuers, das sich auf der Wasseroberfläche spiegelt, kann ich ein wenig sehen.

Aber Naomi entdecke ich nicht.

»Naomi?«, rufe ich. Dann gleich noch einmal. »NAOMI!«

Noch kann ich laut rufen. Hoffe ich. Das Polizeiboot scheint mir noch weit genug entfernt. Ich weiß aber, wie sehr Wasser Akustik überträgt. Ich muss also aufpassen.

Noch einmal rufe ich laut: »NAOMIIIII!«

Nichts! Keine Antwort. Und auch nichts von ihr zu sehen.

Mist! Ich mache mir große Sorgen um sie.

Aber wenigstens ist auch kein treibender Körper zu sehen. Insofern hoffe ich sehr, dass Naomi noch am Leben ist und hoffentlich auch unverletzt.

Aber erst mal muss ich selbst von hier fort. Das Polizeiboot ist gleich hier und darf mich nicht erwischen. Ein letzter Blick, ob ich Naomi nicht doch noch irgendwo entdecke, dann schwimme ich los, die kürzeste Strecke bis zum Ufer, von dem ich kaum etwas erkennen kann. Ich hoffe, auf ein relativ flaches Ufer zu treffen, möglichst mit vielen Büschen bewachsen, wo ich mich verstecken und zu Fuß weiterziehen kann. Die Polizei wird das brennende Wrack unseres Motorboots bergen. Das kann dauern. Hier zu bleiben oder zu warten bringt also nichts. Außerdem müssen wir so schnell wie möglich der Jacht hinterher. Aber wie? Naomi hatte eine Idee, hat sie gesagt. Aber ich weiß nicht, welche. Und jetzt ist sie spurlos verschwunden.

Zumindest erreiche ich erst einmal das Ufer, robbe an Land, greife in irgendwelchen Schlick und schlammige Pflanzen. Egal, einfach raus aus dem Wasser. Ich bin halb draußen, da erfasse ich einen Busch, der … au, verdammt! … dornige Zweige hat.

Der Busch daneben ist besser. Weiche Blätter. Ich bekomme einen starken Ast zu fassen, ziehe mich an Land und verkrieche mich sofort ins Gebüsch.

Durchatmen. Bis hierhin habe ich es geschafft.

Aus meinem Versteck heraus sehe ich, dass das Polizeiboot das brennende Wrack erreicht hat. Der Suchscheinwerfer schwenkt über die Wasseroberfläche. Ich bin hin- und hergerissen, worauf ich hoffen soll: dass Naomi jetzt gleich unversehrt im Scheinwerferlicht auftaucht oder dass sie unentdeckt bleibt.

Jetzt kann ich nicht mehr nach ihr rufen. Die Polizei könnte mich hören. Denn ich höre die aufgeregten Gespräche von Bord auch. Sie rufen nach einer Feuerwehr und einem Bergungsschiff. Klar, das war ja zu vermuten.

Aber wo, verdammt, ist Naomi?

Jetzt, da ich halbwegs in Sicherheit bin und mich ein wenig ausruhen kann, meldet sich der Schmerz von allen möglichen Stellen meines Körpers doppelt und dreifach. Mein Schädel brummt. Gegen irgendetwas bin ich mit dem Kopf geknallt. Auch mein rechtes Knie und mein linker Ellenbogen schmerzen. Ich hoffe mal, da ist nichts gebrochen. Insgesamt scheine ich aber wohl noch glimpflich davongekommen zu sein. Leider kann ich meine Wunden und Verletzungen nicht mit der Taschenlampe ableuchten. Das Licht könnte mich verraten.

Immerhin hab ich meinen Rucksack bei mir. Naomi müsste ihren ebenfalls noch haben. Auch wenn er ihr im Moment unseres Crashs sicher nicht von Nutzen gewesen ist.

Plötzlich höre ich etwas.

Ich halte still und lausche.

Ist da nicht ein leises Keuchen? Anschließend ein kurzes Husten.

»Naomi?«

»Hier«, kommt es leise krächzend zurück. Sofort von einem erneuten Husten gefolgt.

»Naomi!«

Noch sehe ich sie nicht.

Doch! Dort. Keine zehn Meter entfernt liegt Naomi am Ufer, ihre Füße noch im Wasser. Nur schemenhaft erkenne ich sie im fahlen Licht, das teils noch vom Feuer, teils vom Mondlicht herrührt.

Ich krabble zu ihr rüber. »Naomi! Alles okay? Bist du verletzt?«

»Keine Ahnung.«

Ich greife ihr unter die Schultern, will sie weiter hochziehen, aufs Ufer.

Doch Naomi schreit auf. »Mein Arm!«

Sofort lasse ich los. »Gebrochen?«, frage ich entsetzt.

»Keine Ahnung«, antwortet sie wieder. Sie scheint sehr benommen, rappelt sich unter Mühen selbst auf, kriecht mir auf den Knien entgegen, wobei sie sich mit ihrer rechten Hand zusätzlich abstützt. Den verletzten linken Arm hält sie gebeugt in Ruhelage vor sich am Bauch.

»Wir müssen uns verstecken«, flüstert sie mit rauer Stimme.

Ich führe sie zum Gebüsch, aus dem ich gerade gekommen bin. »Dort sind wir erst mal sicher.«

Das Laub des Busches ist dicht genug, sodass die Wasserschutzpolizei uns nicht entdecken wird; nicht einmal dann, wenn der Suchscheinwerfer direkt über unser Versteck schwenken sollte. Trotzdem verzichten wir darauf, unsere Lampen zu benutzen. Obwohl wir sie dringend bräuchten, um unsere Verletzungen zu untersuchen. Wir beschränken uns aber darauf, uns abzutasten. Ich greife behutsam nach Naomis verletztem Arm und beginne, ihn langsam und vorsichtig zu drehen.

»Geht es?«, frage ich immer wieder nach.

»Ja«, versichert mir Naomi. »Ich hab mich nur an irgendetwas stark gestoßen. Aber gebrochen ist nichts, glaube ich. Und bei dir?«

»Auch nichts Schlimmes, denke ich«, antworte ich. »Mein Brummschädel hat sich auch schon wieder etwas beruhigt.«

Naomi streicht mir vorsichtig über die Schläfe. »Da glänzt etwas. Ich befürchte, du blutest.«

»Eine Platzwunde?«, frage ich.

Naomi befühlt weiter meinen Kopf.

»Nicht sehr groß, denke ich«, sagt sie beschwichtigend. »Es blutet, aber nicht sonderlich stark.«

»Glück gehabt«, seufze ich erleichtert.

»Ja«, bestätigt Naomi mir.

»Und jetzt?«

»Wir machen weiter!«, antwortet Naomi entschieden. Dann allerdings räumt sie ein: oder?«

»Sicher!«, bestätige ich.

Auch ich fühle mich fit genug, doch: »Wie? Wir haben kein Boot mehr.«

»Hubschrauber!«, sagt Naomi.

Tatsächlich nähert sich in diesem Moment der Feuerwehrhubschrauber, den die Polizisten angefordert haben.

Ich muss zugeben, dass mich Naomis Idee doch sehr verwundert.

»Du willst jetzt nicht ernsthaft den Hubschrauber der Feuerwehr stehlen?«, frage ich.

Naomi kichert, auch wenn sie zwischendurch schmerzverzerrt unterbricht. »Non. Non! Was denkst du von mir? Dass ich täglich einen Hubschrauber stehle?«

Ich meine, zuzutrauen wäre es ihr. Schließlich haben wir erst gestern Nacht einem Mafiaboss den Helikopter geklaut.

Doch Naomi wird gleich wieder ernst. »Charles muss uns holen«, sagt sie. »Charles und Le Patron können uns mit dem Helikopter einsammeln und uns dann zum Frachter fliegen. Zumindest in die Nähe. So könnten wir vielleicht sogar noch vor der Jacht beim Frachter ankommen.«

»Gute Idee«, gebe ich zu. »Die könnten sogar den Hubschrauber von gestern nehmen!«

Ich habe das eigentlich eher scherzhaft gemeint, doch auch jetzt bleibt Naomi ernst: »Müssen sie auch. Denn Le Patrons Abteilung steht kein eigener Helikopter zur Verfügung. Und einen offiziell beim Geheimdienst zu ordern … na ja, du weißt.«

Ich kann's mir vorstellen. Auch Le Patron müsste den Einsatz begründen, würde einen offiziellen Piloten gestellt bekommen und so weiter. »Aber wir müssen erst noch ein erhebliches Stück zu Fuß weiter«, gebe ich zu bedenken. »Die Polizei wird das Wrack bergen. Das kann dauern.«

»Klar«, sagt Naomi. »Am besten, wir laufen weiter ins Landesinnere, weg von der Seine. Ich rufe Charles an und sage ihm Bescheid. Unsere genaue Position gebe ich ihm dann etwas später durch.«

»Okay. Kannst du laufen?«, erkundige ich mich noch. »Was macht dein Arm?«

»Wird schon gehen«, antwortet Naomi. »Ist vermutlich nur geprellt, nicht mal richtig verstaucht, glaube ich. Und der Rest ist ohnehin okay. Und bei dir?«

»Auch soweit alles gut«, antworte ich, obwohl ich mir da gar nicht so sicher bin. Meine Kniescheibe schmerzt noch ziemlich. »Das Blödeste ist, so durchnässt zu sein. Ich friere.«

»Bist du doch schon gewohnt«, frotzelt Naomi. »Spätestens seit gestern Nacht.«

Ich muss schmunzeln. »Wo du recht hast, hast du recht.«

GEHEIMNISVOLLE ENTDECKUNG

Naomi und ich haben uns über die Felder ins Landesinnere geschleppt. Eine halbe Stunde sind wir jetzt gelaufen – wobei gehumpelt, gestolpert und gekrochen vielleicht besser ausgedrückt wäre. Denn wirklich gelaufen sind wir kaum. Hier draußen auf den Feldern ist es stockfinster. Manchmal Hunderte Meter weit keine einzige Beleuchtung außer des Sternenhimmels und des Lichts des drei viertel vollen Mondes. Genug, um sich sehen zu können; zu wenig, um jede Unebenheit, jedes Gestrüpp, jede Baumwurzel oder jeden Zaun auf dem Feld rechtzeitig zu erkennen. Ich bin zweimal gegen einen dünnen Drahtzaun gelaufen, Naomi ist mehrfach über irgendwelche kleinen Findlinge gefallen. Und dadurch, dass wir beide bis in die Fußspitzen durchnässt sind, bleibt bei jedem Sturz auch gleich eine schmutzige Erdkruste an uns haften.

Jetzt, nach einer halben Stunde, legen wir das erste Mal eine Pause ein. Ich vermute, wir beide sehen aus wie

Crossfahrer nach einem Rennen: nur noch zwei Augen, die aus einer dicken Schicht feuchter Erde herausschauen.

»Was schätzt du, wie weit wir gekommen sind?«, frage ich.

Doch Naomi ist keine Agentin, die sich mit Schätzungen zufriedengibt. Zumindest nicht, solange sie eine halbwegs vernünftige Technik in ihren Händen hält. Unsere Smartphones haben wasserdichte Hüllen, sodass sie hundertprozentig funktionieren. Naomi ruft ihre Navi-Funktion auf und liest ab, dass wir genau 2,94 Kilometer von jenem Punkt am Seine-Ufer entfernt sind, an dem wir losgelaufen sind.

Ich überlege, ob die Entfernung reicht, damit die Beamten von der Wasserschutzpolizei nicht misstrauisch werden, wenn hier ein Helikopter landen wird.

»Die haben genug mit dem Wrack zu tun«, schätzt Naomi die Lage ein. »Die werden auf die Entfernung den Helikopter zwar sehen können, aber nicht, was das für einer ist und wer ihn geschickt hat. Ich glaube, die werden sich nicht darum kümmern.«

»Hoffen wir's«, entgegne ich.

»Dann gebe ich Charles jetzt unsere genaue Position durch«, kündigt Naomi an und schickt ihm sogleich per Messenger die Koordinaten, die das Navi für unseren Standort ermittelt hat. »Ich denke, in zwanzig Minuten sind sie hier.«

»Dann werden wir vor der Jacht am Hafen sein«, bin

ich mir sicher. »Sehr gut, so können wir uns in Ruhe positionieren.«

»Ja.« Naomi greift in ihren Rucksack und holt die unversehrte Flasche Wasser hervor, die noch halb voll ist. »Willst du auch?«

»Ja, aber trink erst du«, bitte ich sie. »Ich schätze, dass Charles uns neues Wasser mitbringt. Hoffentlich denkt er dran.«

»Bestimmt!«, versichert mir Naomi. »Ich hab's ihm nämlich noch mal geschrieben.«

Ich muss lachen. Wie ich schon sagte: Naomi denkt wirklich immer an alles!

Die Wartezeit auf den Helikopter gibt uns die Möglichkeit, ein wenig zu verschnaufen. Wobei wir natürlich aufmerksam bleiben, ob nicht jemand Fremdes auftaucht oder die Polizei uns doch noch auf den Fersen ist. Aber es bleibt alles ruhig. Naomi und ich haben uns eng einander gekuschelt. Nicht, weil wir uns ineinander verliebt hätten oder so. Sondern einfach nur, weil wir in unseren nassen Klamotten anfangen zu frieren. Die Nacht ist frisch, und wenn man sich nicht bewegt und dann in nassen Klamotten dasitzt, wird es plötzlich erschreckend kalt. Wir beide zittern, und ich hab das Gefühl, meine Lippen sind schon blau. Ich kenne das sonst höchstens aus dem Urlaub, wenn man viel zu lange bei viel zu schlechtem Wetter im Meer gewesen ist. Unsere Flasche Wasser geht zur Neige, und ich würde so einiges geben für eine Tasse heißen Kakao. So zittern wir vor uns hin. Und damit zur

Kälte nicht auch noch Langeweile kommt, nutzen wir die Zeit, über Dinge zu reden, für die wir sonst nie die Zeit hatten. Zum Beispiel darüber, wie Naomi eigentlich dazu kam, Agentin zu werden.

Naomi verdreht die Augen, schaut mich dann an, als überlege sie, ob sie wirklich Lust hat, darüber zu reden. Ich erinnere mich, dass sie es schon damals an der Agentenakademie immer vermieden hat, darüber zu reden. Aber gut, damals sprach Naomi noch nicht besonders gut Deutsch und ich noch kein Französisch. Da waren längere Gespräche ohnehin kaum infrage gekommen.

»Ich kenne leider meinen Vater nicht«, beginnt Naomi nun doch zu erzählen. »Und meine Mutter …« Naomi stockt, ehe sie weiterspricht. »Na ja, sie hatte so ihre Schwierigkeiten.«

Ich nicke. »Kenn' ich.«

Doch Naomi schüttelt den Kopf. »Non. Nicht wie bei dir«, korrigiert sie mich. »Schlimmer. Meine Mutter hatte mit Drogen zu tun, weißt du. Alkohol sowieso. Dann aber auch andere. Also jedenfalls, als ich gerade zehn Jahre alt war, wollten sie mich meiner Mutter wegnehmen. Ich wäre vermutlich in ein Jugendheim gekommen.«

»Oh shit.«

Naomi nickt. »Das fanden wir auch. Aber es schien keinen Ausweg zu geben. Bis …«

»Lass mich raten: Le Patron eines Tages vor der Tür stand.«

»Genau. Er hatte wohl mitbekommen, dass ich in der

Schule zwar nicht gerade als brav und artig galt, aber eine Technik-AG belegte. Du weißt schon, Computerprogrammierung und solche Sachen.«

»Und wie ich dich kenne …«, werfe ich ein, »… warst du die Beste.«

»Natürlich!« Naomi lacht auf. »Ich meine, Computerprogrammierung auf Schulniveau. Hallo? Nicht einmal die Oberstufenschüler konnten sich in ein fremdes System einhacken. Also bitte!«

Jetzt muss ich laut auflachen. Ich kann mir die kleine, schmächtige Naomi im Alter von gerade zehn Jahren bildlich vorstellen, wie sie dasitzt, vielleicht noch mit zwei Kissen unter dem Po, damit sie überhaupt an die Tastatur herankommt, und sich in gut gesicherte Großcomputer einhackt, während sich ihre Mitschüler bestenfalls darüber freuen, in irgendeinem sozialen Netzwerk ein Foto ihrer Tüte Pommes hochgeladen zu haben und dafür hundert Klicks zu bekommen.

Naomi fährt fort: »Ich habe natürlich ständig Ärger bekommen, weil es ja verboten war, sich in die Server der Schulbehörde einzuhacken.«

»Du hast dich in die Schulbehörde eingehackt?«, frage ich nach.

»Na ja«, entschuldigt sich Naomi. »Ich wollte mein Zeugnis etwas aufbessern. Ich meine, ich war gerade mal zehn Jahre alt. Und die schreiben mir einen Tadel in ›Betragen‹ ins Zeugnis. Hallo?«

Wieder lache ich laut auf. Und kann mir sehr gut vorstellen, wieso Le Patron auf Naomi aufmerksam wurde und sie unbedingt haben wollte, während alle anderen mit ihr nicht so gut klarkamen.

»Na ja«, schließt Naomi ihre Erzählung ab. »Den Rest kannst du dir denken. Wir hatten die Wahl: ich ins Heim und meine Mutter weiterhin sich selbst überlassen.«

»Oder jegliche Hilfe für deine Mutter und du statt ins Heim auf die Agentenakademie«, führe ich fort.

»Genau«, sagt Naomi.

Punktgenau mit Ende unserer kleinen Unterhaltung hören wir das Knattern des Hubschraubers.

»Sie kommen!«, ruft Naomi und springt freudig auf, um dem anfliegenden Hubschrauber zuzuwinken.

Zu meiner großen Überraschung kommt Charles allein mit dem Hubschrauber.

Als Naomi und ich einsteigen, erläutert uns Charles: »Le Patron sagte, er möchte vermeiden, gesehen zu werden mit uns gemeinsam. Aber wenn uns die Polizei jetzt ergreift mit diese Helikopter, so what, wir dann sind lediglich paar crazy Teens, die einen Hubschrauber illegal entwendet haben und auf gefährliche Weise wünschen, auszuprobieren. I mean, der Helikopter ist ja offiziell gemeldet als gestohlen, ist er nicht?«

»Na, das würde uns aber eine hübsche Schlagzeile in den Zeitungen und im Internet einbringen«, wende ich ein. »Mit Fotos von uns und allem drum und dran.«

»That's right«, stimmt Charles mir zu. »Daraus folgt: Wir nicht sollten uns erwischen lassen.«

Naomi und ich schnallen uns an.

Charles startet unverzüglich. Und kann es sich nicht verkneifen, eine schnelle Runde über die Seine zu fliegen. Wir sehen das immer noch brennende Motorboot, über dem der Feuerwehrhubschrauber die Lage aber sichtbar gut in den Griff bekommt. Schnell dreht Charles ab und fliegt weiter die Seine flussabwärts Richtung Meer.

»Ich hab euch mitgebracht trockene Kleidung«, ruft Charles uns gegen den Motorenlärm des Helikopters zu. »Dort, in the bag.«

»Danke!«, rufe ich zurück. »Und Wasser?«

»Und *was* was?«, fragt Charles.

»Nicht *was*«, korrigiere ich, »sondern Wasser! Hast du welches mitgebracht?«

»Of course. Dort, es befindet sich in der Seitentasche«, lautet die Antwort.

Ich ziehe eine volle Flasche Sprudel heraus, öffne sie, will gierig ansetzen, doch rechtzeitig besinne ich mich und reiche sie zuerst Naomi, die dankend annimmt und mit großen Schlucken die halbe Flasche leertrinkt, die andere Hälfte schaffe ich. Das tut richtig gut.

Wir überfliegen die Jacht, der wir eigentlich folgen wollten.

»Die schätzungsweise brauchen noch eine Stunde«, verkündet Charles, »wir gleich sind aber da.«

Naomi und ich wechseln die Klamotten, dann entleeren wir unsere Rucksäcke, um unsere Ausrüstung zu überprüfen. Das meiste ist unversehrt, weil kaum Elektronik zur Ausrüstung gehört, sondern eher Werkzeuge, Seile und Ähnliches.

»Wo willst du landen?«, frage ich Charles.

Der zuckt mit den Schultern. »I don't know. Ich kenne nicht diese Gegend. Kennst du eine Platz, Naomi?«

Sie schüttelt den Kopf. »Non! Kannst du nicht eine Runde über den Hafen fliegen? Dann gucken wir uns einen guten Landeplatz aus.«

»Okay«, sagt Charles. »Notfalls ich könnte landen directly auf die Jacht. Ich denke, die Leute würden sehr verwundert, wenn plötzlich bei ihnen landet ihr eigener stolen Hubschrauber.

Naomi und ich schauen ihn für einen kurzen Moment entsetzt an. Aber dann merken wir durch Charles' schallendes Gelächter, dass er nur einen Scherz gemacht hat.

»Ich werde den englischen Humor nie kapieren«, sagt Naomi.

Mir hingegen kommt der ernste Hintergrund seines Scherzes in den Sinn. »Wir sollten wirklich sehr aufpassen, dass die von der Jacht uns nicht sehen. Die werden ihren Helikopter ja bestimmt schnell wiedererkennen, und dann hetzen sie uns die Polizei auf den Hals.«

Charles lacht erneut. »Das ich glaube nicht. Die nicht werden von ihre Frachter die Polizei anrufen. Schade, actually. Für uns das wäre besser wohl. I think, Sie werden nehmen die Sache selbst in die Hand. Das für uns könnte schlecht sein.«

»Also halt dich fern von der Jacht«, bitte ich Charles. Obwohl ich auch weiß, dass es zu spät ist. Einmal sind wir ja schon direkt über sie geflogen. Nun liegt sie weit hinter uns.

»Look!«, ruft Charles uns plötzlich zu. »Eine alte Fabrik. Seht ihr? Von hier oben sie sieht sehr leer aus. Tut sie nicht?«

»Sieht gut aus«, sage ich. Oder besser: Das wollte ich gerade sagen. Doch Naomi kommt mir zuvor. »Moment mal!«, ruft sie und zieht ihr Fernglas aus dem Rucksack. Sie schaut hinunter aufs Betriebsgelände, aber Charles ist wohl schon zu weit drüber hinweggeflogen.

»Zurück! Zurück!«, weist Naomi ihn an.

Charles dreht um.

»Weiter! Weiter!«, ruft Naomi, ohne das Fernglas von den Augen zu nehmen.

Charles befolgt auch dies.

Naomi hebt die rechte Hand. »Stopp!«

Der Hubschrauber steht jetzt in der Luft.

»Den hab' ich schon mal gesehen!«, verkündet Naomi nun.

Aber ich weiß gar nicht, wen sie meint. Ich sehe nämlich niemanden.

Jetzt erst nimmt Naomi das Fernglas vom Gesicht und reicht es mir. »Dort unten. Auf dem Hof. Neben der Laderampe.«

Statt ihr Fernglas zu nehmen, hole ich schnell mein eigenes heraus und suche nach dem Mann.

»Siehst du ihn?«, fragt sie mich.

»Moment.«

»Weiter links«, weist Naomi mich an.

»Ja, jetzt!« Ich entdecke einen Mann. Aber ich könnte nicht sagen, dass ich ihn früher schon mal gesehen habe.

Doch Naomi ist sich sicher. »Der war an Bord des Frachters! In dem Aufenthaltsraum, in dem wir unsere Wanze versteckt haben.«

Ich schaue noch mal durchs Fernglas. Der Platz dort unten ist relativ schlecht beleuchtet. Nur ein Scheinwerfer strahlt über die Laderampe eines alten Lagerhauses. Jetzt dreht der Mann sich, sodass sein Gesicht vom Scheinwerfer angestrahlt wird. Und tatsächlich: Naomi könnte recht haben. Obwohl ich mir das Gesicht sooo genau ehrlich gesagt nicht gemerkt habe.

»Der hat eine kleine Narbe unter dem rechten Auge«, klärt Naomi mich auf.

»Die hast du erkannt?«, staune ich. »Auf die Entfernung und bei dem Licht?«

Naomi schaut mich kurz an und lächelt mir zu. »Katzenaugen«, behauptet sie und schaut wieder durchs Fernglas. »Außerdem trägt er eine altmodische Schirmmütze und einen blinkenden Diamanten im Ohr.«

Mit anderen Worten: kein Zweifel. Das ist er.

»Wenn der zur Besatzung des Frachters gehört, dann sollten wir sehen, dass wir hier wegkommen«, warne ich.

Naomi sieht das nicht so dramatisch. »Der war doch

auf dem Frachter und hat den Helikopter auf der Jacht vermutlich gar nicht gesehen.«

Doch das entlastet uns nicht. »Der wird auch so nervös, wenn er einen Hubschrauber über sich in der Luft stehen sieht. Der hält uns dann garantiert für die Polizei.«

Das leuchtet Naomi ein. Und Charles auch, der daraufhin sofort abdreht.

»Wohin?«, fragt er.

Von hier oben haben wir einen perfekten Überblick und können ausmachen, dass das Firmengelände nicht weit von der Anlegestelle des Frachters entfernt liegt.

»Wir sollten in der Nähe ein Versteck suchen«, schlage ich vor, »sodass wir uns auf dem Gelände umsehen, im Zweifel aber sehr schnell mit dem Helikopter abhauen können.«

»Gute Idee«, lobt Naomi.

»Und wo?«, hakt Charles nach. Einen solchen genialen Platz hat er nämlich noch nicht entdecken können.

»Da!«, ruft Naomi. Und zeigt irgendwohin, wo ich und auch Charles weit und breit keinen Landeplatz entdecken können.

»Nicht dort unten am Boden«, präzisiert Naomi, »sondern dort: auf dem Dach!«

»Auf dem Bürohaus?«, frage ich.

»Das ist kein Bürohaus«, korrigiert Naomi mich. »Das ist ein Hotel.«

Jetzt entdecke auch ich den Schriftzug »Novotel«.

»Bist du verrückt?«, protestiere ich. »Auffälliger geht's

ja wohl nicht. Jeder sieht uns. Die Hotelgäste, die Angestellten. Die Rezeption ist bestimmt rund um die Uhr besetzt und …«

»Im Gegenteil«, widerspricht Naomi, ohne mich ausreden zu lassen. »Je öffentlicher, desto unauffälliger. Das weißt du doch. Natürlich werden uns einige sehen, aber niemanden wird es interessieren. Die einen denken vielleicht, hier wird ein Film gedreht, andere glauben, es ist eine Routineüberwachung der Polizei, die Dritten denken vielleicht sogar, ein Promi wird mit einem Privathubschrauber abgeholt, und …«

»Schon gut, schon gut«, winke ich ab. »Du hast mich überzeugt.«

Charles war es offenbar schon vorher. Ohne weiter nachzufragen, hat er längst das Hotel angesteuert und setzt auf dem Dach zur sicheren Landung an.

»Ein Hotel ist gut«, kommentiert er nun doch noch. »Ich würde denken, ein office um diese Uhrzeit hätte wohl geschlossen. Aber ein Hotel ist day and night geöffnet, möchte ich annehmen. Ihr steigt aus auf dem Dach. Anschließend ihr müsst lediglich gehen eine Etage hinunter in die oberste Stockwerk. Von dort aus ihr könnt nehmen den Fahrstuhl hinunter in den Erdgeschoss.«

Charles hat nun das Hotel erreicht, über dessen Dach wir in der Luft stehen. Langsam senkt er den Hubschrauber ab.

»Außerdem«, sagt er währenddessen, »ich halte es für möglich, dass die business partner von die Boss übernachten in diese Hotel. I think, this ist the biggest und äh… teuerste Hotel in diese Gegend.«

Wow! Auf den Gedanken bin ich tatsächlich noch nicht gekommen. Nach unserer Vermutung befindet sich der Kunde des Bosses derzeit mit auf der Jacht. Aber das muss ja nicht bedeuten, dass er nach Abwicklung des Deals immer noch auf der Jacht bleibt und auch wieder mit zurückfährt. Im Gegenteil, das ist eher unwahrscheinlich. Sowie das Geschäft abgewickelt ist, wird sich der Kunde so schnell wie möglich von seinem Lieferanten verziehen. Und wohin besser als ins nächste große Hotel? Wie Naomi schon sagte: Es gibt keinen besseren Schutz, sich zu verstecken, als die Öffentlichkeit.

»Mann, du hast recht!«, rufe ich Charles zu, der in diesem Moment den Helikopter sanft auf dem Hoteldach absetzt und den Motor ausschaltet.

»Bitte sehr«, sagt er höflich. »Ich hier warte auf euch.«

Naomi streckt ihren Daumen hoch. »Okay.«

Wir schnallen uns unsere Rucksäcke auf und verlassen den Helikopter. Doch bevor wir eine Tür oder Luke suchen, die uns hinunterführt, laufen wir erst zum Rand des Daches, nutzen den großartigen Überblick, den wir von hier oben haben, und scannen die Umgebung mit unseren Ferngläsern ab.

»Ich kann den Frachter sehen«, teile ich Naomi mit, die versucht, einen Blick auf die Seine zu erhaschen, ob die Jacht schon in Sicht ist.

»Etwas Zeit haben wir noch«, stellt sie fest.

Im Moment haben wir vier Ziele, die uns interessieren:

- der Frachter mit den Waffen, der hier im Hafen liegt,
- die Jacht, die mit dem Boss, Shionas Vater und vermutlich dem Kunden der illegalen Waffen an Bord auf dem Weg zum Frachter ist,
- das Fabrikgelände, auf dem wir ein Crew-Mitglied des Frachters entdeckt haben,
- und dieses Hotel, in das sich der Kunde nach Abwicklung des Geschäfts vielleicht zurückzieht.

»Wie wollen wir es machen?«, fragt Naomi mich.

»Von hier oben kann Charles den Frachter und unten den Eingang des Hotels im Blick behalten«, schlage ich vor. »Das gibt uns Zeit, uns auf dem Fabrikgelände umzusehen. So haben wir drei unserer vier Ziele unter Beobachtung, das vierte Ziel, die Jacht, brauchen wir nicht im Blick zu behalten, weil sie zum Frachter kommen wird.«

»Einverstanden. Sehr gut!«, stimmt Naomi mir zu. »Ich sage kurz Charles Bescheid«, der ja noch immer im Hubschrauber sitzt. Dann machen wir uns auf den Weg zum Fabrikgelände.

Wir stecken unsere Ferngläser ein und suchen nach einer Tür, die vom Dach hinunterführt, die wir auch schnell finden. Natürlich ist sie verschlossen. Alles andere wäre auch eine Überraschung gewesen. Aber für uns natürlich kein Hindernis. Nach nicht einmal dreißig Sekunden haben wir die Tür geöffnet und gelangen direkt ins Treppenhaus. Von hier aus müssten alle Türen zu den Hotelfluren offen sein, da dieses Treppenhaus zum Notausgang des Hotels gehört.

An der ersten Tür versuchen wir es und werden bestätigt: Sie ist offen und führt uns direkt in den Hotelflur.

Wir wollen gleich weiter, als sich plötzlich am Ende des Flures die Fahrstuhltür öffnet. Heraus tritt ein Mann, der einen eleganten schwarzen Anzug, ein weißes Hemd und eine schwarze Krawatte trägt. Nur eine dunkle Sonnenbrille fehlt, um das Klischee eines Bodyguards perfekt zu machen. Und doch, trotz der völlig anderen Aufmachung erkennt Naomi ihn sofort. Stocksteif bleibt sie stehen und starrt den Mann an. Wenn Naomi ihn kennt, dann müsste ich ihn doch auch …? Deshalb schaue ich ganz genau hin. Und tatsächlich: Irgendwas dämmert mir. Auch ich habe den Kerl schon mal gesehen. Er geht direkt an uns vorbei, ohne uns weiter zu beachten. Nur ganz kurz trifft uns sein Blick, gefolgt von einem noch kürzeren Schmunzeln, das wohl als so etwas wie ein Guten-Abend-Gruß zu verstehen ist. Dann ist er schon vorbei. Wir sehen ihm hinterher. Und plötzlich weiß ich, wo ich den schon mal gesehen habe. Das ist der Kerl vom Frachter, den Naomi mit ihrem Pneumatik-Gewehr unschädlich gemacht hat und der daraufhin von Bord gekippt und direkt neben mir ins Wasser gefallen war, als ich zwischen Frachter und Jacht festhing. Es ist der Kerl, der zuvor auf mich geschossen hatte!

Aber ganz offensichtlich hat er uns nicht erkannt; wir ihn dagegen schon.

An der vorletzten Tür des Flurs bleibt der Kerl stehen, klopft mit einem speziellen Zeichen an die Tür: lang-lang-lang-Pause-lang-kurz-lang. Nach dem Morsealphabet wären das zwei Buchstaben: O und K. Vielleicht war es auch tatsächlich so gemeint: Alles ok.

Die Tür wird ihm jedenfalls geöffnet, der Kerl tritt ein. Die Tür schließt sich hinter ihm.

Naomi und ich schauen uns an.

»Du hast ihn auch erkannt, oder?«, fragt sie.

Ich nicke. »Wir sind eindeutig auf der richtigen Spur.«

»Aber um die können wir uns später kümmern. Erst mal zum Fabrikgelände«, schlägt Naomi vor. Ich halte es auch für das Beste, zunächst bei unserem Plan zu bleiben. Gerade also wollen wir unseren Weg fortsetzen, als mein Smartphone in der Hosentasche vibriert. Als ich nachschaue, verschlägt es mir den Atem.

»Was ist?«, fragt Naomi.

Ich zeige ihr das Display. Darauf hat sich mein Überwachungsprogramm geöffnet. Der GPS-Chip, den ich in Hamburg an die Limousine geheftet hatte, die bei Shionas Vater auf dem Hof stand, hat sich gemeldet. Natürlich funktioniert dieser Chip über GPS-Satelliten weltweit, aber ich hatte ihn deaktiviert, weil ich hier in Frankreich nicht jede Bewegung der Limousine gemeldet bekommen wollte. Jetzt aber meldet sich der Chip doch, und zwar deshalb, weil der Wagen sich in der Nähe befindet, dichter als zwanzig Kilometer!

Ein Blick auf die Karte zeigt uns, dass der Wagen sehr

viel näher dran ist: Er fährt gerade unten vor dem Hotel vor!

»Wieso hat der Chip sich nicht viel eher gemeldet?«, fragt Naomi mich in einem vorwurfsvollen Ton, als hätte ich ihn höchstpersönlich falsch programmiert.

»Das weiß ich doch nicht!«, verteidige ich mich. »Da muss ich mich beizeiten bei unserer Technikabteilung beschweren!«

Naomi verzieht das Gesicht. Ich weiß, ihr fehlt jegliches Verständnis dafür, sich mit einer Technik abzugeben, die nicht auf dem neuesten Stand ist und nicht einhundertprozentig funktioniert.

»Ist ja schon gut«, verteidige ich mich nochmals, obwohl Naomi gar nichts weiter gesagt hat – nur eben das Gesicht verzogen hat. Aber das reicht mir.

»Lass uns lieber überlegen, was wir jetzt tun«, fordere ich sie auf. »Ich möchte wissen, wer da unten gekommen ist.«

»Eben«, stimmt Naomi mir zu. »Ich auch. Also sehen wir doch nach!«

»Gute Idee!« Ich will schon durch die Tür ins Treppenhaus zurückgehen, doch Naomi hält mich auf.

»Wir müssen nicht über die Nottreppe«, erklärt sie mir. »Wir sind Kinder. Niemand achtet auf uns. Wir können ganz normal mit dem Fahrstuhl fahren. Ist viel unauffälliger.«

Stimmt. Also drücken wir die Fahrstuhltaste und warten.

Plötzlich meldet sich wieder das Smartphone. Dieses Mal Naomis.

»Das ist Charles«, informiert sie mich, während sie den Anruf entgegennimmt.

Ich wundere mich, wieso Charles anruft. Normalerweise senden wir uns Nachrichten, weil ein Klingeln im falschen Moment uns ebenso zum Verhängnis werden könnte, wie ein Telefonat ja prinzipiell jederzeit von jedermann abgehört werden kann. Wir als Agenten wissen ja, wie so etwas funktioniert. Auch Naomi drückt mehr Verwunderung als Neugier aus, als sie sich meldet: »Charles? Was gibt's?«

Sie hört einen Augenblick zu. Ich kann nicht verstehen, was Charles sagt. Aber ich sehe, wie sich Naomis Miene verändert. Irgendetwas ist passiert!

Naomi legt auf, ihre Gesichtsfarbe wechselt von blass vor Erstaunen zu Rot vor Wut: »Die Polizei stürmt den Frachter«, sagt sie.

Ich verstehe nicht. »Was? Wie?«, stotterte ich unbeholfen.

Naomi wiederholt: »Eine Spezialeinheit der Polizei stürmt gerade den Frachter! Charles kann das vom Dach aus sehen.«

»Aber wieso?«, bringe ich nur heraus.

»Genau das ist die Frage!«, schimpft Naomi. »Sind die verrückt geworden? Wir hatten doch eindeutig die Anweisung, zunächst nicht nur mehr Beweise zu sammeln, sondern vor allem abzuwarten bis die eigentlichen Drahtzieher des illegalen Handels zusammenkommen, um den Deal abzuwickeln, damit wir sie auf frischer Tat erwischen – und nicht nur ein paar arme Arbeiter festnehmen, die gar nichts zu sagen haben!«

Genau das war der Plan. Und die Anweisung von Le Patron.

»Was ist denn da los?«, frage ich.

Aber Naomi weiß das natürlich auch nicht. Die Ereignisse überschlagen sich, und wir müssen Entscheidungen treffen. So gern wir jetzt hinauf aufs Dach laufen würden, um nachzusehen, was dort am Frachter los ist, müssen wir uns aufteilen. Sonst verpassen wir, welcher Besuch da gerade mit der Limousine angekommen ist und was gleichzeitig auf dem Fabrikgelände passiert. Ganz zu schweigen von der Jacht, mit der sich der Boss und Shionas Vater nähern. Und auf der sich vermutlich auch der Kunde der Waffen aufhält.

»Ich geh' allein zur Fabrik«, schlage ich vor. »Charles soll den Polizeieinsatz weiter beobachten. Und du bekommst heraus, wer da gerade mit der Limousine gekommen ist.«

»Okay«, sagt Naomi. Wir wollen in den Fahrstuhl einsteigen, doch der ist wieder weggefahren. Gerade kommt er erneut zu uns herauf, ohne dass wir gedrückt hätten. Die Türen öffnen sich, wir wollen einsteigen, haben aber überhaupt nicht damit gerechnet, dass sich jemand darin befinden könnte, der erst einmal *aus*steigen will. Obwohl das ja eigentlich logisch ist, sonst wäre der Lift nicht wieder zu uns hochgefahren. Dennoch zucken Naomi und ich erschreckt zusammen, als wir beinahe mit einem Hünen von Mann zusammenstoßen. Zum Glück nicht der Riese, der Shionas Haus bewacht. Der hätte uns ja sofort erkannt. Nein, diesen Mann haben wir noch nie gesehen. Aber der dahinter, der kommt mir bekannt vor. Drei Männer steigen aus dem Fahrstuhl aus. Wie mir scheint, sind zwei davon die Leibwächter des einen.

Naomi und mir ist sofort klar, dass diese drei mit der Limousine gekommen sind. Wir brauchen also nicht mehr hinunterfahren, um nachzusehen. Folgerichtig gehen die drei auf das Zimmer zu, in das eben schon das Crew-Mitglied des Frachters verschwunden ist. Ein weiterer deutlicher Hinweis darauf, dass der Polizeieinsatz am Frachter zum völlig falschen Zeitpunkt kommt. Denn während dort das Sonderkommando der Polizei ganz offensichtlich ins Leere laufen wird, braut sich hier auf der Kommando-Ebene des organisierten Verbrechens etwas zusammen.

Einer der beiden Leibwächter dreht sich plötzlich zu uns um und starrt uns an. Offenbar fragt er sich, weshalb wir nicht in den Fahrstuhl einsteigen. Aber wie gesagt, wir sind Kinder. Nicht gefährlich. Also bleiben Naomi und ich einfach stehen und glotzen zurück.

Der Leibwächter macht Handbewegungen, als ob er eine Schar Hühner verscheuchen will.

Naomi und ich bleiben weiter still stehen.

Das gefällt dem Leibwächter nicht. Er sieht sich kurz zu allen Seiten um, obwohl da nur Wände sind und von nirgendwo jemand kommen könnte, und geht einige Schritte auf uns zu. Auf Französisch sagt er uns, dass es hier nichts zu sehen gäbe und wir gefälligst abhauen sollten. Aber wir beide tun so, als ob wir kein Französisch sprechen würden. Er versucht es auf Englisch und auf Deutsch. Innerlich muss ich schmunzeln und plötzlich an Murat denken. Deshalb antworte ich dem Mann mit den paar Brocken Türkisch, die ich mal von Zehra gelernt habe, dass ich nichts verstünde.

Entnervt dreht der Leibwächter sich wieder von uns weg, zurück zu den anderen beiden, die jetzt das Zimmer betreten, während er draußen vor der Tür stehen bleibt und sich nicht weiter um uns kümmert. Wir sind halt nur Kinder.

Trotzdem stört er uns.

Naomi steigt nun doch in den Fahrstuhl, ich folge ihr. Aber wir fahren nur eine Etage tiefer. Dort steigt Naomi wieder aus. »Ich gehe die Treppe zurück nach oben«, kündigt sie an. »Mal sehen, was ich herausbekommen kann. Kannst du das Fabrikgelände übernehmen? Ich hab das Gefühl, da läuft etwas.«

»Okay«, sage ich zu.

»Wie kommst du dorthin?«, fragt Naomi nach. »Zu Fuß ist es zu weit, um schnell dort zu sein.«

»Ich weiß es noch nicht«, gebe ich zu. »Aber mir fällt schon etwas ein.«

Naomi streckt mir den erhobenen Daumen entgegen. Die Fahrstuhltür schließt sich, ich fahre ins Erdgeschoss.

Unten vor der Hoteltür sehe ich, dass es hier Stadträder gibt. Naomi als Pariserin ist dort angemeldet. Ich brauche also nicht mal ein Schloss zu knacken und ein Rad zu stehlen, sondern kann mit Naomis Account, dessen Daten sie mir schnell per Smartphone sendet, ein Rad mieten und losradeln. Verglichen mit meinem Agenten-E-Bike ist das Rad natürlich eine lahme Ente, aber besser als nichts. Außerdem liegt das Gelände tatsächlich nur wenige Minuten entfernt. Als ich in die entsprechende Straße einbiege, kommen mir zwei leere Lkw entgegen. Nur die Zugmaschinen ohne Hänger. Ich ahne schon, was das bedeutet. Und bekomme die Bestätigung per Smartphone, als ich das Gelände erreiche. Charles meldet sich und berichtet genau das, was Naomi und ich längst vermutet hatten: Die Polizei hat auf dem Frachter nichts gefunden. Sämtliche Container waren bereits verladen worden.

»Wohin?«, frage ich. Offiziell handelt es sich ja um medizinisches Gerät, mit »offiziellen« (in Wahrheit natürlich gefälschten) Papieren.

»Offiziell sie sich befinden bereits wieder auf eine andere Frachter. Und schon auf der hohe See«, berichtet Charles. »Das hat Le Patron gesagt. Er weiß dieses von die französische Polizei. Jedoch Le Patron glaubt dieser Version nicht. Er hat die Meinung, dass die Container sich befinden noch immer hier, an die Land. In die Hafen.«

»Ich denke, wir wissen auch, wo«, sage ich. Die leeren Lkw eben waren ein eindeutiger Hinweis.

Nach wenigen Minuten habe ich das Fabrikgelände erreicht und kann kaum glauben, was ich dort sehe, nämlich wirklich ein ganz gewöhnliches, altes, scheinbar leerstehendes Gewerbegelände. Wenn hier aber wirklich gelagert oder zumindest umverteilt wird, was ich glaube – nämlich Container voller Einzelteile für die Waffenproduktion –, dann kann es doch nicht sein, dass hier nichts abgesperrt oder bewacht ist?

Doch ich stehe mutterseelenallein in der Einfahrt des Fabrikgeländes, wo das Fabriktor weit offen steht und allem Anschein nach auch jahrelang nicht mehr geschlossen worden ist. Unwillkürlich drängt es einen in einer solchen Umgebung, laut »Hallo!« zu brüllen, um zu sehen, ob jemand da ist. Aber ich werde mich hüten und mache das Gegenteil. Gleich vorn, noch an der alten Mauer der leeren Fabrik, ist ein wilder Busch quasi direkt aus dem Asphalt an der Mauer hochgewachsen. Ein gutes Versteck für mein Leihrad.

Ich selbst bleibe anschließend auch erst einmal vor dem Tor stehen und luge um die Mauer herum übers Gelände, um es genauer in Augenschein zu nehmen. Wo kamen die beiden Lkw her, die mir entgegengekommen sind? Da sie leer waren, habe ich angenommen, sie hätten ihre Container hier abgeladen. Aber wo stehen die dann? Oder liegen wir etwa falsch, und die Container sind tatsächlich weiterverschifft worden, wie es auf den Frachtbriefen steht? Das glaube ich einfach nicht. Die müssen hier irgendwo sein.

Ebenso wie der Komplize vom Frachter, den Naomi erkannt hat.

Soweit ich es überblicke, gibt es keine Überwachungskameras. Ich höre und sehe niemanden. Das bedeutet, ich kann mich durchaus weiter vorwagen. Vor mir liegt ein großer, schmutziger, teils mit Unkraut bewachsener Hof, zu beiden Seiten gesäumt von alten Lagerhallen aus rotem Backstein mit jeweils circa hundert Meter langen Laderampen und großen, zum Teil angerosteten Rolltoren, deren Rollläden allerdings sämtlich heruntergelassen sind. Hätten wir vom Hubschrauber aus hier nicht den Mann und auch einige Lkw stehen sehen, würde ich vermuten, dass seit Jahren niemand mehr das Gelände betreten hat. Ich renne hinüber zum ganz rechts gelegenen Lagerhaus, verstecke mich dort sofort unter der Laderampe. Von hier aus entdecke ich, dass unterhalb jeder Laderampe die gesamte Hausmauer entlang jeweils genau unter den großen geschlossenen Toren flache, aber lange Kellerfenster sind. Aus dem dritten schimmert Licht. Ich schleiche mich dorthin. Das Glas ist total verdreckt, sodass man nicht hindurchsehen kann – wäre da nicht ein kleines Loch in der Scheibe, das wohl vor Urzeiten mal durch einen Steinschlag hineingeschlagen worden ist. Es ist zu klein, um mit dem bloßen Auge hindurchschauen zu können. Aber ich habe ein kleines, wunderbares Gerät in einer Rucksacktasche: ein Endoskop-Aufsatz für mein Smartphone, also eine Art Schlauch, an dessen Spitze eine Minilinse angebracht ist. Der Schlauch passt durchs Loch in der Scheibe, und wie mit einer Überwachungskamera kann ich nun den ganzen Raum auf dem Display meines Handys nicht nur überblicken, sondern auch gleichzeitig filmen oder fotografieren und die Aufnahmen weiterleiten an Naomi und Charles. Und tatsächlich: Dort unten im Keller – oder Souterrain, wenn man so will – sind die Container gestapelt. Offenbar gibt es in der Halle riesige Lastenfahrstühle, in die jeweils ein Container passt. Oder … Moment … Ich sehe mich weiter um mithilfe meines Endoskops … Ja, jetzt sehe ich's: Das Lagerhaus ist vollkommen entkernt! Das heißt, sämtliche Innenwände sind entfernt worden und der Boden ebenfalls. Nur eine lange, quer verlaufende Laderampe gibt es noch hinter den Toren, etwa von der gleichen Breite wie vor den Toren draußen. Von der Decke baumeln breite Trageriemen und dicke Seile und Haken, die zu rollenden Kränen gehören, die über Schienen an der Decke über die gesamte Länge gleiten können. So also haben sie die Container hier hineinbekommen. Und so werden sie dann wohl wieder auf andere Lkw verladen und weitertransportiert. Vielleicht bis zum Hafen auf andere Frachter, vielleicht zu einem Güterbahnhof, vielleicht auch einfach über Land per Autobahn. Vielleicht auch über alle Wege gleichzeitig. So, wie man die Waffen in ihre Einzelteile zerlegt hat, so streut man nun auch möglichst vielteilig den Transport. Niemand wird bei einer noch so peniblen Überprüfung argwöhnisch oder ahnt, was da an illegalen, gefährlichen Gütern außer Landes geschafft wird. Jetzt sehe ich auch mehrere Männer dort hantieren, die auf Listen etwas eintragen. Ich nehme an, die Ware wird hier unter anderem auf Vollständigkeit überprüft. Ganz offensichtlich findet hier genau das statt, was das französische Polizeikommando auf dem Frachter vergeblich gesucht hat: Es wird soeben der illegale Waffenhandel abgewickelt. Ich muss unbedingt Naomi und Charles informieren, damit die …

… ein heftiger Schmerz durchzuckt meinen Schädel. Im nächsten Moment: nur noch schwarz vor Augen.

IN DER FALLE

Mein Schädel brummt. Was ist mit mir? Mein Bett kommt mir so komisch vor. Ich öffne die Augen, kann aber nicht einordnen, was ich sehe. Geröll, Müll, eine schmutzige Stahltür. Und alles schief, um neunzig Grad verdreht vor mir. Ich begreife, dass mein Kopf auf der Seite liegt. Meine linke Wange fühlt sich kalt an. Ich hebe den Kopf an, das Bild vor mir wird gerader. Ich liege auf kahlem Betonboden; nicht in einem Bett und nicht zu Hause. Ich erinnere mich: das Lagerhaus; das Kellerfenster; mein Blick durchs Endoskop. Ich will mich aufrichten, aber das geht nicht, denn mein rechter Fuß ist eng an ein Abflussrohr gekettet, das oben aus der Decke kommt und senkrecht hinunterführt in den Boden, auf dem ich liege. Meine Hände sind gefesselt und ebenfalls angekettet, allerdings an einer etwas längeren Kette, die ebenfalls am Abflussrohr festgemacht ist. Jetzt erst begreife ich das ganze Ausmaß des Schlamassels, in den ich hineingeraten bin: Ich wurde entdeckt, niedergeschlagen und gefangen genommen! Shionas Vater und der Boss werden mich erkennen, identifizieren, und damit wird die gesamte internationale Abteilung der Kinderagenten auffliegen. Wie habe ich nur so unvorsichtig sein können! Aber ich hatte wirklich nicht bemerkt, dass sich jemand von hinten an mich heranschleicht.

Doch wo bin ich nun eigentlich? Im Lagerhaus, das ich beobachtet habe, kann ich nicht sein. Das war komplett entkernt und hatte keine Nebenräume. Also muss ich in einem Extragebäude sein, oder besser gesagt: einer Hütte, einem Schuppen oder so etwas. Denn der Raum, in dem ich angekettet bin, misst gerade mal zwanzig Quadratmeter. Diente vielleicht mal als Abstellkammer oder Geräteschuppen. Das Gebäude muss mehrstöckig sein, denn von oben kommt ja das Heizungsrohr. Unter mir wird also ein Heizungskeller liegen. Vermutlich war das hier mal das Verwaltungsgebäude des Fabrikgeländes. Es gibt sogar ein Fenster, aber das ist mit Brettern zugenagelt. Es wäre hier drinnen stockfinster, wenn nicht an der Decke eine kahle Glühbirne leuchten würde. Und da …? Tatsächlich! An der Wand gegenüber lehnt mein Rucksack. Seltsam. Mein Smartphone, das ich in der Hosentasche hatte, ist dagegen verschwunden. Mist! Sonst hätte ich Naomi und Charles informieren können. Die hätten kommen und mich befreien können. Oder vielleicht sogar die Polizei rufen. Obwohl: Der Boss und Shionas Vater sind noch auf der Jacht. Ihre Geschäftspartner scheinen sich gerade im Hotel zu versammeln. Also selbst wenn die Polizei hier auf die Container mit den Waffen stoßen würde, wäre das zwar schon mal ein wichtiger Schritt, weil die Waffen dann beschlagnahmt werden könnten. Aber der Boss und die anderen kämen wieder davon, weil man ihnen, solange sie nicht vor Ort sind, keine Beteiligung an dem illegalen Waffenexport nachweisen könnte. Überhaupt ist die Frage, ob sie *überhaupt* herkommen oder ob nicht hier nur die Waffen verladen werden, während im Hotel oder auf der Jacht der Deal abgewickelt, sprich: das Geld bezahlt wird. Wir müssten also irgendwie die Drahtzieher hierherlocken.

Aber im Moment kann ich Naomi und Charles nicht mal mitteilen, dass ich festsitze. Befreien könnte ich mich sogar allein, wenn ich an meinen Rucksack herankäme. Darin befindet sich unter anderem mein Schlossöffner-Werkzeug. Aber die Kette um meinen Fuß ist zu kurz. Ansonsten kann ich nichts in Reichweite entdecken, womit ich die Schlösser um Fuß- und Handgelenke knacken könnte.

Jetzt höre ich Schritte. Da kommt jemand!

Schon geht die Tür auf. Es ist der Mann, den wir vom Hubschrauber aus gesehen haben. Er war auf dem Frachter. Doch dort haben nur wir ihn, er aber nicht uns gesehen.

Er baut sich vor mir auf und fragt mich, was ich hier zu suchen hätte. Er fragt auf Französisch, und einen Moment überlege ich, ob ich wieder so tun soll, als ob ich ihn nicht verstehe. Ich könnte mich auch als normaler, neugieriger Junge aus der Nachbarschaft ausgeben, der hier nur herumgestromert ist. Dann wäre es aber unrealistisch, dass ich kein Französisch verstehe. Er zieht mein Smartphone aus seiner Tasche, sagt – immer noch auf Französisch –, dass es eine deutsche Nummer habe, und fragt nach, ob ich Französisch verstehe. Ich entscheide mich und versuche es mit Englisch. Es könnte noch nützlich sein, wenn er denkt, ich verstünde kein Französisch. Auf Englisch also sage ich ihm, dass ich ein Ausreißer sei, von zu Hause weggelaufen und auf der Suche nach einem Schlafplatz beziehungsweise einem Versteck hier auf dem Fabrikgelände gelandet sei.

Er versteht offenbar nur schlecht Englisch. Deshalb wiederhole ich meine Ausrede noch mal langsam. Das Wesentliche hat er offenbar verstanden. Schließlich ist er Seemann auf einem Frachter und kommt viel in der Welt herum. Seine Mundwinkel verziehen sich kurz zu einem verständnisvollen Schmunzeln. Offenbar kauft er mir meine Geschichte ab.

Vielleicht sogar ist er selbst in jungen Jahren mal von zu Hause abgehauen? Ich nutze die Gelegenheit, hake sofort nach und frage, wieso ich als *Kind* – ich benutze jetzt extra das Wort »child« für Kind und nicht »teenager« für Jugendlicher – überfallen und gefesselt werde.

In gebrochenem Englisch antwortet er, es solle mir eine Lehre sein, nicht auf fremdem Privatgelände herumzuschnüffeln. Aber sein Vorwurf klingt nicht besonders streng. Offenbar hat er Verständnis, dass ich auf der Suche nach einem Versteck bin, damit meine Eltern beziehungsweise die Polizei mich nicht finden.

Ich entschuldige mich für mein Eindringen und bitte ihn, mich laufen zu lassen.

Und für einen kurzen Moment macht es auf mich den Eindruck, als hätte ich Erfolg. Doch dann entscheidet er sich anders: »Plus tard«, »Später«, sagt er, wieder auf Französisch. Und erklärt dann umständlich auf Englisch, dass er noch etwas zu erledigen hätte. Danach würde er mich laufen lassen. Mit diesen Worten dreht er sich um, verlässt den Raum und schließt die Tür hinter sich, die er – wie ich hören kann – sogar nochmal extra abschließt.

Mist!

Eine letzte Idee habe ich aber noch.

»Hey!«, rufe ich ihm hinterher.

Tatsächlich kehrt er zurück, steckt den Kopf zur Tür herein und sieht mich mit fragend an.

»Eau!«, sage ich. »Wasser! Water!« Ich nicke rüber zu meinem Rucksack, in dessen Seitentasche eine kleine Flasche Wasser steckt, die mir Charles mitgebracht hatte.

Er greift zur Flasche und stellt sie mir hin.

»Merci«, sage ich und denke: Scheiße! Denn mein Plan war, dass er mir den ganzen Rucksack rüberreicht. Was er bestimmt auch getan hätte, wenn die Flasche Wasser nicht im Außennetz des Rucksacks gesteckt hätte, sondern innen in der Tasche.

Der Mann geht wieder. Ich hab zwar Wasser, aber nichts, um mich zu befreien. Verflixt.

Mein Smartphone hat er auch wieder mitgenommen.

Wenigstens wird er nicht merken, was es in Wahrheit für ein besonderes Smartphone ist. Denn alle Geheimdienstfunktionen werden darauf erst sichtbar, wenn ich sie mit meinem Fingerabdruck aktiviere. Auch Anrufe und Nachrichten von Naomi oder Charles wird der Mann auf dem Smartphone nicht sehen können.

Zwar könnten Naomi und Charles mich mithilfe des Smartphones orten, aber das ist überflüssig, weil Naomi ja ohnehin weiß, wo ich bin. Sie weiß eben nur nicht, dass ich hier angekettet bin. Und im Moment kann ich ihr das auch nicht mitteilen.

Ich muss irgendwie an meinen Rucksack herankommen. Denn ich vermute, dass jetzt – vielleicht innerhalb der nächsten dreißig Minuten bis Stunde – das Geschäft abgewickelt und die Ware verladen werden wird. Wenn wir also noch etwas ausrichten wollen, dann muss das *jetzt* sein. Und zwar nicht nur deshalb, weil bestimmt gleich die Waffen abgeholt werden. Auch weil – wenn Shionas Vater hierherkommen sollte, um das Geschäft zu überwachen – der Seemann ihm sicher von meiner Gefangennahme berichtet. Und Shionas Vater würde mich sofort erkennen und sich fragen, was ich hier treibe. Er würde mir meine Ausreißergeschichte nicht glauben, sondern beginnen, Nachforschungen anzustellen – was ganz und gar nicht gut wäre. Also oberstes Gebot: Ich muss von hier fort, bevor Shionas Vater oder der Boss auftauchen!

Systematisch gehe ich in Gedanken den Inhalt meiner Hosentaschen durch. Aber mir fällt nichts ein, womit ich die Schlösser knacken könnte. Um mich herum entdecke ich auch nichts. Das Einzige, was ich zur Verfügung habe, ist die Flasche Wasser. Und das bringt mich auf eine Idee. Ich rufe nach dem Mann. Vermutlich ist er wieder irgendwo in der riesigen Lagerhalle, wo er mich gar nicht hören kann. Vielleicht aber auch draußen auf dem Hof, um die Lkw zu empfangen, mit denen ich jederzeit rechne. Dies könnte dann der kurze ruhige Moment sein, kurz vor Ankunft der Lastwagen, in dem er mich draußen auf dem Hof hört. Ich öffne die Wasserflasche, trinke einen Schluck. Anschließend lasse ich ein wenig Wasser auf meine Hose tröpfeln, genau in den Schritt. Sieht äußerst peinlich aus, aber genau das soll es auch. Ich rufe noch mal nach dem Mann, so laut ich kann: »HALLOOOO!« Nach mehrmaligen Versuchen geht tatsächlich die Tür auf.

»Ich …« setze ich an, zeige auf meine eingenässte Hose und ergänze: »Toilet!«

Der Seemann schaut mich entsetzt an. Und beginnt zu grübeln. An so etwas wie eine Toilette scheint er nicht gedacht zu haben, als er mich niedergeschlagen und hier gefesselt hat. Und dann kann man ihm direkt im Gesicht ablesen, was er denkt: *Ein Junge. Was soll schon passieren?* Er hat ja ohnehin vor, mich wieder laufen zu lassen, wenn ich nichts mehr verraten kann, weil sie mit ihrer Fracht längst über alle Berge sind. Also kommt er auf mich zu, zieht seine Schlüssel aus der Hosentasche, schließt die beiden Schlösser auf und – zack! In einem kurzen Moment, als er mir den Rücken zudreht, schlage ich zu. So, wie er es bei mir gemacht hat. Ein gezielter Schlag an die richtige Stelle genügt, und der große, kräftige Seemann sinkt neben mir zusammen.

Jetzt heißt es, schnell handeln. Die Ketten, mit denen ich eben noch gefesselt war, lege ich nun ihm an. Allerdings gönne ich ihm nicht die Freiheit von zwei Metern mit seinen Handfesseln, sondern lege ihm die Arme auf den Rücken und binde seine Handgelenke eng am Hosenbund aneinander fest. Anschließend ziehe ich ihm Schuhe und Strümpfe aus, um ihm dann seine eigenen Socken als Knebel in den Mund zu stecken. Ich hab auf die Schnelle nichts anderes. Durch die engen Handfesseln wird er sich selbst nicht von dem Knebel befreien können. Da er immer noch nichts davon ahnt, es mit einem YOUNG AGENT zu tun zu haben, wird er seinen Kumpanen, die ihn irgendwann hier finden, sicher vorlügen, ein Erwachsener – oder sogar mehrere – hätte ihn überwältigt. Weil er sich keine Blöße wird geben wollen, von einem Kind außer Gefecht gesetzt worden zu sein, werden wir als Kinderagenten weiter geschützt sein.

Ich durchsuche seine Hosentaschen, aber … Verflucht, wo hat er mein Smartphone? Auch in seiner Jacke ist nichts. Shit! Nicht mal ein eigenes Handy hat er bei sich. Ich kann also Naomi und Charles immer noch nicht verständigen. Okay, das muss ich erst einmal so hinnehmen. Ich schnappe mir meinen Rucksack, schließe die Tür hinter mir ab und stehe dort, wo ich es vermutet hatte: in einem kleinen, engen Treppenhaus. Runter die Stufen zum Heizungskeller, hoch in die nächste Etage, wo früher wohl mal Büros gewesen sind. Nach links zur Ausgangstür, die ein Fenster mit eingeschlagener Scheibe aufweist. Ideal, um hinauszuschauen und die Lage zu peilen, ohne selbst gesehen zu werden.

Bevor ich etwas sehe, höre ich es schon. Da kommt ein Lastwagen angerollt. Mindestens einer. Es bestätigt sich, als ich hinausschaue: Vier Lkw kommen vorgefahren, jeder zieht noch einen Anhänger. Alle Lastwagen sind leer, also habe ich keine Zweifel: Hier werden gleich die Container aufgeladen. Vier mal zwei ergibt acht Container. Voll beladen mit lebensgefährlichen Waffen.

Mir läuft die Zeit davon. Jetzt müsste ich die Polizei verständigen. Denn hier wird sie finden, was sie auf dem Frachter vergeblich gesucht hat. Aber nicht mehr lange. Ich schätze, mehr als eine halbe Stunde werden die nicht brauchen, um die Lastwagen mit den Containern zu beladen. Und wo sind der Boss und Shionas Vater? Noch auf der Jacht? Ist die schon im Hafen angekommen? Und die Leute aus dem Hotel? Bleiben die dort, oder kommen sie her, um den Transport zu überwachen, sich von ihrer Ware zu überzeugen? Nicht einmal den GPS-Chip in der Limousine kann ich überprüfen, weil mein Smartphone weg ist. Ich muss es wiederfinden. Sofort! Damit ich Naomi und Charles informieren und Alarm schlagen kann. Ich schaue mich um. Wo um alles in der Welt könnte der Seemann mein Smartphone hingelegt haben? Wieso hat er es überhaupt aus seiner Tasche geholt und irgendwo abgelegt? Er hatte es doch in seiner Hosentasche. Weshalb …? Plötzlich dämmert es mir. Natürlich! Ich ahne, was er damit gemacht hat.

ES GEHT UM MINUTEN

Der Seemann hat mein Smartphone gar nicht irgendwo abgelegt. Er hat es verloren! Es ist ihm aus der Tasche gefallen. Jedenfalls halte ich das für die wahrscheinlichste Möglichkeit. Das bringt mich auf den ersten Blick nicht weiter, denn ich weiß weder, wo sich der Seemann die ganze Zeit aufgehalten hat, noch, welche Wege er gegangen ist. Es kann ihm überall und nirgends aus der Tasche gerutscht sein. Aber genau darin liegt eben auch meine Chance. Das Smartphone könnte also – mit etwas Glück – irgendwo hier mitten auf dem Hof liegen und nicht in einem der vielen leeren Räume hier oder gar in der großen Lagerhalle, in der gerade alle Arbeiter beschäftigt sein werden.

Mit meinem Blick scanne ich den Boden des Hofs weitläufig ab, während die Lastwagen sich in Position zur Beladung bringen. Und plötzlich … Da! Ich sehe es! Dort liegt es, mein Smartphone. Unglaublich!

Allerdings fährt der zweite Lkw beim Rangieren gerade rückwärts mit seinem dicken linken Hinterreifen geradewegs auf mein Smartphone zu.

NEIN! NICHT! Brems! Bitte, bitte, brems ab! flehe ich stumm.

Doch ich muss mitansehen, wie der Lkw piepsend rückwärts weiter und weiter rollt. Nur noch bestenfalls zwei Meter ist der Reifen vom Smartphone entfernt. Einen Meter fünfzig. Noch einen Meter. BREMS DOCH, VERDAMMT!

Mittlerweile ist es auch zu spät, loszurennen, um das Smartphone vor der Zermalmung zu retten. Ich kann nur noch tatenlos zusehen und hoffen, beten, flehen.

Doch der Lkw rollt weiter. Sehr langsam zwar, aber er rollt.

Dann plötzlich …

JA! Er steht! Kaum zwanzig Zentimeter vor meinem Handy.

Puh! Gerade noch mal Glück gehabt.

Ich weiß zwar nach wie vor nicht, wie ich ungesehen dorthin kommen soll, um es aufzuheben, aber immerhin ist es unversehrt geblie…

NEIN!

Das Piepsen setzt wieder ein. Der Lkw rollt erneut an, und zwar immer noch rückwärts. Über mein Smartphone drü… Wieder stoppt der Lastwagen. Aber mein Smartphone sehe ich nicht mehr. Es liegt unter dem Reifen. Denke ich.

Jetzt gibt der Fahrer erneut Gas, der Lkw fährt vorwärts.

Ich glaube, der Fahrer wollte eben gar nicht weiter rückwärtsfahren. Er hatte nur vergessen, den Vorwärtsgang einzulegen. Das darf doch nicht wahr sein! Durch einen blöden Fahrfehler ist jetzt mein Smartphone platt wie ein Blatt Papier, bloß noch Matsch und Elektronikschrott.

Da liegt es. Ich sehe es wieder.

Ich kneife die Augen etwas zusammen, um so scharf wie möglich zu sehen.

Von hier aus sieht es noch komplett und heil aus. Kann das sein? Die wasserdichte Hülle hält offenbar auch einiges an Gewicht aus. Der Zentrale sei Dank. Ich stehe mindestens dreißig Meter entfernt. Ich schaue mich um. Vor mir nur die rangierenden Lastwagen. Auf der Laderampe sind jetzt ein paar Arbeiter erschienen, die die Fahrer in ihre Parkpositionen einweisen. Mich bemerkt hier keiner. Aber ich kann auch nicht zu meinem Telefon, ohne entdeckt zu werden. Ich krame mein Fernglas aus dem Rucksack, um es besser in Augenschein nehmen zu können.

Jetzt sehe ich das Handy zwar zwölffach vergrößert, aber so richtig erkennen, ob es noch heil ist, kann ich nicht. Ich kann es nur hoffen.

Einfach vom Gelände abhauen kann ich nicht, weil sich das Lagerhaus mit seiner Rampe und die davorstehenden Lkw genau zwischen mir und dem Eingangstor befinden. Um hier herauszukommen, müsste ich genau durch die Lastwagen hindurch. Da könnte ich auch gleich versuchen, mir direkt mein Handy zu schnappen. Ich sehe im Moment keine andere Möglichkeit: Die einzige Chance, die ich habe, Naomi und Charles zu informieren und die Polizeieinheit anzufordern, ist dieses blöde Handy, das dort genau vor der Laderampe liegt und über das jede Minute der *nächste* Lastwagen rollen könnte.

Aber ich habe keine Idee, wie ich drankommen soll, ohne sofort gesehen zu werden. Und ein zweites Mal wird meine Masche, ich sei ein verirrter Junge auf der Flucht von zu Hause, sicher nicht mehr funktionieren. Wenn ich mich aber nicht beeile, werden die Lkw gleich beladen und fahren weg, ohne dass wir den Waffendeal verhindern konnten.

Es hilft nichts. Ich muss es wagen! Jeder Lkw hat seinen toten Winkel. Die Fahrer und die Arbeiter auf der Rampe sind im Moment sehr mit dem Rangieren beschäftigt. Das ist der gefährlichste Moment, weil sie jetzt natürlich nach allen Seiten Ausschau halten, damit niemand irgendwo gegen fährt. Wenn das Rangieren abgeschlossen ist, werden die Arbeiter sicher hineingehen, um mit den Deckenkränen die Container auf die Lkw zu hieven, während die Lkw-Fahrer entweder drinnen mitanpacken oder draußen Pause machen. Pausen sind immer ein guter Moment für Unachtsamkeit.

Ja, ich muss warten, bis das Rangieren beendet ist. Im Moment ist der letzte Lastwagen dran. Ich nutze die Zeit, um mit dem Fernglas weiterhin alles im Auge zu behalten. Einer der Männer schaut sich immer wieder nervös um, reckt den Hals, fragt seine Kollegen irgendwas. Ich ahne, was er will: Er sucht einen verschwundenen Kollegen, nämlich genau den, den ich gefesselt und geknebelt in meinem kleinen Gefängnis zurückgelassen habe.

Wenn sie anfangen, ihn zu suchen, könnte es auch für mich eng werden.

Ich kann nicht länger warten. Ich muss *jetzt* zu meinem Smartphone.

Hintenrum könnte es vielleicht schneller gehen… Nicht länger warten, um dann direkt über den Hof zu latschen, wo man mich leicht sehen könnte, sondern lieber um das alte Verwaltungsgebäude herum, vor dem ich stehe. Dann müsste ich hinter dem Lagerhaus herauskommen, könnte mich am Gebäude entlangschleichen, weiter wieder unterhalb der Laderampe, wo ich eigentlich die ganze Zeit gut sichtgeschützt wäre. Von dort aus wäre es nicht mehr weit zu meinem Smartphone. Das Problem ist nur: Genau dort unter der Laderampe, wo es augenscheinlich am sichersten für mich aussieht, bin ich vorhin erwischt und gefangen genommen worden. Also ist das keineswegs ein sicheres Plätzchen. Wer weiß, vielleicht sind darunter sogar Überwachungskameras angebracht, weil man durch die Kellerfenster ins Gebäude eindringen könnte. Ja, so muss es sein. Wie sonst hat mich der Kerl entdecken können?

Okay, ich muss also nach Kameras Ausschau halten und sie notfalls zerstören.

Der letzte Lkw hat nun seine Parkposition erreicht. Wie ich vermutet hatte, gehen die Arbeiter über die Rampe ins Lagerhaus hinein. Einige Lkw-Fahrer steigen aus, zünden sich ihre Pausenzigaretten an. Manche bleiben hinter ihrem Lenkrad sitzen, schenken sich Kaffee oder Tee aus ihren Thermoskannen ein. Einige Fahrer steigen aber auch aus und folgen den Arbeitern hinein ins Lagerhaus.

Die Gelegenheit ist also günstig, trotzdem werde ich höllisch aufpassen müssen.

Ich stecke mein Fernglas zurück in den Rucksack und laufe ums ehemalige Verwaltungsgebäude herum.

Und – stoppe. Mist!

Nach hinten raus ist das Gebäude direkt an die Grundstücksgrenze gebaut, die rundherum von einer Mauer umgeben ist. Die Grenzmauer endet also direkt am Verwaltungsgebäude. Man kann nicht darum herumlaufen. Es sei denn, ich klettere über die Mauer, laufe die Länge des Gebäudes ab, um am Ende wieder über die Mauer auf das Gelände zu gelangen. Ich denke, es ist die schnellste Methode, um auf die andere Seite des Gebäudes zu kommen. Die Mauer ist gut drei Meter hoch. Aber das macht nichts. Das alte Gemäuer weist genug Risse und Spalten auf, sodass ich ohne Seil und Haken nur mit den bloßen Händen und Füße rüberkomme. Auf der anderen Seite springe ich ab, schaue mich kurz um, wo ich eigentlich gelandet bin, und schätze, es handelt sich um einen Schrottplatz. Vielleicht auch verlassen? Ich halte mich nicht weiter auf, laufe an der Rückseite des Gebäudes entlang und höre plötzlich ein wütendes Gekläff. Ich drehe mich reflexartig um – und sehe, wie von weit hinten ein großer, schwarzer Wachhund laut bellend auf mich zugerannt kommt.

Ach du Scheiße! Von wegen »verlassener Schrottplatz«! Der hat nur nachts natürlich geschlossen, ist aber durch den Hund gut bewacht.

Ich renne los, merke aber schon nach wenigen Schritten, dass ich keine Chance habe, das Ende des Gebäudes und damit die Mauer, an der ich wieder rüberklettern könnte, zu erreichen, ohne dass der Hund mich vorher lässig eingeholt hat.

Was jetzt? Nur noch wenige Meter, dann hat er mich. Aus den Augenwinkeln entdecke ich einen größeren, fast runden Stein zu meinen Füßen. Ohne groß nachzudenken, hebe ich ihn auf, setze zum Werfen an und warte, bis der Hund unmittelbar vor mir ist.

»Hol den Ball!«, rufe ich ihm zu und wiederhole es zur Sicherheit auf Französisch: »Apporte!« Trotz der Dunkelheit hier auf dem Hof hat der Hund sofort begriffen: *Wache schieben, schön und gut*, scheint er sich zu denken, *aber nichts geht über ein nettes Spielchen.* Er bremst hart ab und hinterlässt fast eine Spur wie eine Comicfigur, dreht ab und hetzt dem Stein als vermeintlichem Ball hinterher. Ich renne auch los, weiter in die entgegengesetzte Richtung des Hundes.

Doch schnell bekommt er den Stein zu fassen, beschnuppert ihn, knabbert an ihm, scheint etwas enttäuscht zu sein, dass es kein richtiger Ball ist, überlegt offenbar kurz, ob er sich die Verarschung meinerseits gefallen lassen soll, beschließt aber dann: Besser als nichts. Greift sich den Stein mit seinem Maul und rennt mir hinterher.

Kurz bevor ich mein Ziel, die Mauer, erreicht habe, hat er mich eingeholt, legt den Stein vor mir ab und kläfft.

»Okay«, sage ich, nehme den Stein und werfe ihn wieder weit fort.

Ein lautes, metallisches Geräusch erklingt.

Mist! Offenbar habe ich eines der Schrottautos getroffen.

Das missfällt auch dem Hund. Er dreht sich nur kurz in Richtung des Geräusches, schaut dann wieder mich an und kläfft, was wohl so viel heißen soll wie: *Da kannst du allein hinlaufen. Denk dir mal was Besseres aus!*

Aber was? Ich hab nichts.

Der Hund kläfft voller Ungeduld.

»Schschscht!«, mahne ich. Das stört ihn nicht. Nun kläfft er noch lauter. Und eigentlich könnte ich froh sein, dass er nur kläfft, statt sich auf seine eigentliche Aufgabe zu besinnen, die Zähne zu fletschen und mich anzugreifen. Aber ich habe nichts zum Spielen und weiß nicht, wie lange die Geduld des Hundes noch reicht. Dann kommt mir doch noch eine Idee. Es ist Sommer. Auch wenn es nachts merklich abkühlt, so ist der Hund vielleicht doch durstig. Ich greife zu meiner Plastikflasche, gieße mir etwas Wasser in die hohle Hand und reiche sie dem Wachhund, der sofort beginnt, gierig daran zu schlecken. Während er mir aus der Hand leckt, gieße ich nach, sodass er noch mehr Wasser aufschlecken kann. Das mache ich, bis die Flasche leer ist. Jetzt halte ich sie ihm vor die Nase und werfe die Flasche fort wie ein Stöckchen. Der Hund hetzt hinterher. Ich springe an die Mauer und versuche, sie im Rekordtempo zu erklimmen, was mir auch halbwegs gelingt. Ich hab's geschafft, auf die andere Seite des Verwaltungsgebäudes zu gelangen, hab aber viel zu viel Zeit mit dem Hund verloren, doch auch daran kann ich jetzt nichts mehr ändern. Wie geplant schleiche ich nun an der Außenwand des Lagergebäudes entlang, krieche unter die Laderampe, sehe mich dieses Mal besonders sorgfältig um. Ein zweites Mal will ich nicht so eine üble Überraschung erleben und angekettet wieder aufwachen. Ich muss ein gutes Stück unter der Laderampe entlangkriechen. Über mir höre ich, wie die schweren Container auf ihren Rollen über die Rampe auf die Lkw verladen werden. Und ich sehe mein Smartphone nur wenige Meter entfernt auf dem Boden liegen. Ich krieche hin. In dem Moment höre ich, wie weitere Wagen angefahren kommen. Ich stoppe, sehe von unterhalb der Laderampe heraus unter einem Lkw hindurch, wie zwei große Limousinen heranfahren. Unwillkürlich zucke ich zurück. Sind das die Leute aus dem Hotel? Das wäre gut, denn dann ist Naomi ihnen bestimmt gefolgt und nun auch hier irgendwo.

Die beiden Limousinen fahren vor und halten kaum zwei, drei Meter von meinem Smartphone entfernt.

Jetzt oder nie! Ich muss es mir schnappen, bevor die Leute aussteigen. Mit einem Hechtsprung greife ich nach meinem Handy, bekomme es zu fassen. Zeitgleich öffnet sich die Fahrertür der ersten Limousine. Schnell ziehe ich meine Hand zurück, krieche rückwärts durch den schmutzigen Sand unter die Laderampe zurück, ziehe den Kopf ein, mache mich so klein und unsichtbar wie möglich.

Ich warte einen Moment.

Dann untersuche ich mein Smartphone. Es scheint unversehrt zu sein. Ich schalte die Geheimfunktionen frei, und schon meldet sich ein blinkender GPS-Punkt, der sich genau vor meiner Nase befindet. Einer der Wagen, die vor mir stehen, ist also die Limousine von Shionas Vater, die auch vor dem Hotel gehalten hat. Wenn Naomi sie verfolgt hat, wie wir ausgemacht hatten, müsste sie jetzt hier ganz in der Nähe sein.

Gerade will ich bei ihr per Nachricht nachfragen, da sehe ich, dass ich mehrere Nachrichten von ihr erhalten habe.

> Wie ist die Lage bei dir?
> Hier passiert nichts.
> Zielpersonen scheinen auf
> die Jacht zu warten.
> Niemand bewegt sich fort.

Das kann nicht sein. Die Limousine ist doch vom Hotel hierhergefahren! Hat Naomi das nicht mitbekommen? Ich will ihr gerade antworten, doch da fällt mir ein, dass ich zuvor das Bewegungsprofil der Limousine checken könnte. Ich öffne die entsprechende Karte und sehe, dass die Limousine vom Hotel aus zu einem kleinen Anlegeplatz am Hafen gefahren ist und erst von dort aus hierher. Die Sache ist klar: Die Jacht ist angekommen. Und die Limousine, die zuerst den Geschäftspartner des Bosses zum Hotel gefahren hat, hat anschließend den Boss oder Shionas Vater von der Jacht abgeholt und hierhergebracht. Aus dem Hotelzimmer ist also niemand wieder herausgekommen. Deshalb haben Naomi und Charles offenbar nichts weiter mitbekommen. Aber hier spielt sich der Deal gerade ab. Wir müssten sie genau jetzt auf frischer Tat ertappen!

Es sind alle Insassen aus den beiden Limousinen ausgestiegen und stehen vor der Rampe. Ich sehe nur ihre Füße und Beine bis zu den Oberschenkeln. Keine Gesichter. Bei dem einen hat sich das Schuhband gelöst. Wenn der sich jetzt hinunterbeugt, um es zuzuschnüren …

Genau das tut er. Ich liege keine zwei Meter von seinem Schuh entfernt. Ich erkenne sein Gesicht: Es ist Shionas Vater! Wenn der seinen Kopf nur leicht dreht, würde er mich sehen. Ich vergrabe meinen Kopf in meinen Armen und presse mein Gesicht nach unten. Ich weiß nicht, wie dieser Mechanismus funktioniert. Aber oft klappt es: Wenn man intensiv zu jemandem hinschaut, dann bemerkt der es irgendwann und schaut unwillkürlich zurück. Aber umgekehrt geht es auch: Wenn man denjenigen, von dem man nicht entdeckt werden will, nicht ansieht, nicht in seine Richtung schaut, dann bleibt man sehr oft unentdeckt. Ich kann nur hoffen, dass es jetzt auch klappt. Die kleinste Bewegung könnte mich verraten, weshalb ich Naomi im Moment nicht informieren kann. Ich liege nur starr da und hoffe, dass er nicht hersieht. Ich überlege, was ich ihm sagen soll, wenn er es doch tut und mich erkennt. Mir fällt keine auch nur halbwegs plausible Ausrede ein, weshalb ich mich hier, rund zweihundert Kilometer von Paris entfernt, in Hafennähe aufhalte, und zwar nicht irgendwo, sondern auf einem verlassenen Fabrikgelände unterhalb einer Laderampe hocke und ihn beobachte. Nein, dafür kann es keine vernünftige Erklärung geben. Nicht einmal von einem, der scheinbar zum Freundeskreis seiner Tochter gehört.

Ich linse über meinen Arm hinweg zu seinen Schuhen. Er hat die Senkel wieder zugeschnürt und sich mittlerweile auch wieder erhoben.

Hat er mich gesehen? Ihm würde ich zutrauen, dass er sich das nicht anmerken ließe. Und im nächsten Moment steht dann einer seiner Bodyguards neben mir und macht mich kalt. Alles möglich. Ich darf das Risiko nicht eingehen. Ich habe mein Smartphone, und jetzt nichts wie weg von hier, ich muss mich weiter verkriechen, damit ich Naomi informieren kann.

Genau in diesem Augenblick klingelt mein Handy. Verdammte Scheiße, ich werd irre! Wieso denn jetzt? Und wieso so laut? Im Einsatz habe ich mein Handy immer auf lautlos gestellt! Der Typ, der mich angekettet hat, muss es auf Laut geschaltet haben. Nervös hantiere ich an dem Smartphone herum, um den Anruf abzulehnen und es leise zu stellen. Natürlich rutscht es mir dabei aus der Hand. Verflucht. Es schlittert über den Boden. So weit, dass ich mit einer Armlänge nicht mehr heranreiche.

Schon höre ich die Stimme von Shionas Vater, der fragt, wessen Handy hier geklingelt hat. Er hat es auf Deutsch gefragt. Niemand antwortet. Er wiederholt seine Frage auf Französisch und auf Englisch. Das gibt mir Zeit, das kurze Stück auf dem Bauch voranzurutschen, mein Smartphone zu greifen und mich nach hinten wegzuverkrümeln. Das heißt, zurück dorthin, wo ich hergekommen bin, um die Hausecke herum. Kurz bevor ich die Ecke erreiche, schaue ich mich noch einmal kurz um und sehe, wie Shionas Vater sich jetzt tatsächlich hinunterbückt und unter die Laderampe schaut.

Weg hier!

Meine Füße hat er vielleicht noch gesehen. Ich hoffe, nicht mehr. Auf jeden Fall hat er gesehen, *dass* jemand hier unten lauerte. Denn er erteilt sofort den Befehl, mir nachzufolgen und mich zu schnappen. Diesmal gleich auf Französisch. Aber auch das verstehe ich ja.

Ich hetze an der Hauswand entlang. Bis zur Mauer vom Schrottplatz. Ich muss mich entscheiden: auf dieser

Seite bleiben und von den Leibwächtern erwischt werden. Oder über den Zaun zurück zum Wachhund. Der aber hat mich doch lieb gewonnen. Hoffe ich.

Ich springe mehr über den Zaun, als dass ich über ihn klettere. Direkt hinter mir höre ich Rufe. Auch jetzt kann ich nur hoffen, dass sie nicht mehr als meine Fußsohlen gesehen haben. Ich darf mich nicht erwischen lassen!

Als ich auf der anderen Seite lande, kommt sofort der Wachhund auf mich zugerast. Dieses Mal aber nicht zähnefletschend, sondern freudig mit wedelndem Schwanz. Er denkt, ich spiele wieder mit ihm. Nein, mein Freund. Jetzt musst du wieder böse sein. Ich zeige auf die Mauer und befehle ihm auf Französisch: »Mords!« Was so viel heißt wie »Fass!«

Der Hund sieht mich etwas ratlos an. Ich aber sprinte weiter, verkrieche mich hinter dem ersten Schrottwagen. Der Hund will mir zuerst folgen, doch dann erscheinen plötzlich zwei Kerle oben auf der Mauer. Das passt dem Hund gar nicht. Sofort dreht er sich um und läuft laut bellend und knurrend auf sie zu. Einer der beiden bleibt unsicher oben auf der Mauer sitzen. Für den anderen ist es zu spät. Er war schon abgesprungen. Landet auf dem Boden, direkt vor dem Hund, der sogleich auf ihn losgeht und ihn am Bein zu fassen bekommt. Es sind nur noch Flüche und Schreie, Gejaule und Gekläffe zu hören. Ein Kampf zwischen Hund und Mann ist entbrannt.

Ich verziehe mich auf die zerfetzte Hinterbank des Schrottautos, diktiere in aller Eile eine Nachricht an

Naomi und rufe unmittelbar darauf – nein, nicht Charles, sondern – Shiona an.

Es ist mitten in der Nacht, und dennoch geht sie sofort ran, wenngleich sie auch sehr verschlafen klingt. »Ja?«

Sie erkennt nun meine Nummer und wirkt von einem Moment auf den anderen nicht nur erstaunlich wach, sondern auch sehr aufgebracht. »Billy? Wo steckst du? Wo steckt ihr *alle*? Wir wollten heute Abend doch noch üben, aber plötzlich wart ihr alle weg. Was soll das?«

»Deswegen rufe ich ja an«, behaupte ich. »Wir haben hier Kontakt zu einem Musikredakteur bekommen. Wir treffen ihn morgen früh.«

»Was? Wie?«, stottert Shiona. »Mitten in der Nacht? Ich versteh überhaupt nichts mehr.«

Mein Handy piept.

»Moment. Bleib dran«, fordere ich sie auf. »Eine Nachricht von Naomi.«

Das ist nicht mal gelogen. Aber natürlich schreibt Naomi mir nichts zu einem Musikredakteur, der in Wahrheit gar nicht existiert, sondern teilt mir mit, dass alles eingeleitet ist: Sie hat Le Patron informiert. Durch ihn ist das Sonderkommando der Polizei unterwegs hierher, um den Waffendeal zu beenden, die Waffen zu beschlagnahmen, den Boss und Shionas Vater zu verhaften. Aber rund zwanzig Minuten wird es noch dauern, bis die Polizei hier sein wird. Das dachte ich mir. Deshalb mein Anruf bei Shiona, auf den ich jetzt wieder zurückkomme.

»Da bin ich wieder, Shiona. Eine lange Geschichte. Erzählen wir dir morgen. Dein Vater muss uns aber ein Hotelzimmer besorgen.«

»WAS?«, kreischt es aus dem Handy. »JETZT? Bist du bekloppt? Weißt du, wie spät es ist? Außerdem ist er gar nicht da.«

Ich weiß natürlich, wo ihr Vater gerade ist. Aber das werde ich ihr nicht auf die Nase binden. »Dann ruf ihn an. Der Redakteur will eine Story über uns bringen. Das ist unsere Chance!« Ich muss es ein wenig umschreiben, da ich im Moment nicht weiß, wie die bekanntesten Musikzeitschriften in Paris heißen. »Und dann würde es auch doch noch mit unserem Radioauftritt klappen. Der Redakteur übernachtet im Novotel am Hafen. Dort sollen wir ihn treffen. Morgen früh um neun Uhr. Dazu sollten wir am besten auch dort übernachten, um pünktlich zu sein. Es ist wichtig, hörst du? Ruf deinen Vater an!«

Damit lege ich auf. Das erspart mir einerseits weitere Nachfragen. Andererseits bin ich mir sicher, dass Shiona unverzüglich ihren Vater anrufen wird. Und zwar nicht nur, um uns ein Hotelzimmer zu buchen, sondern vor allem wird sie ihm in den Ohren liegen, dass sie unter allen Umständen irgendwie morgen früh um neun Uhr in dem Hotel sein muss und ihr Vater dafür sorgen soll.

So, wie ich ihn kennengelernt habe, wird er seiner Tochter diesen Wunsch nicht abschlagen. Andererseits ist es genau das Hotel, in dem gerade seine Geschäftspartner hocken. Und er hat hier draußen auf dem Gelände gänzlich anderes zu tun. Aber es wird ihn beschäftigen und hoffentlich genügend ablenken und Zeit kosten.

Jede Verzögerung ist kostbar, damit die Polizei kommen kann, bevor Shionas Vater und der Boss wieder abhauen. Ich bin sicher, die werden sich sonst nicht lange aufhalten. Bis dahin heißt es für mich: warten und mich nicht erwischen zu lassen. Von der Mauer höre ich immer noch die Flüche, Schreie, das Gekläffe und Gejaule. Der Kampf ist offenbar noch nicht beendet. Ich hoffe sehr, nicht gleich einen Schuss zu hören. Das würde mir um den Hund sehr leidtun. Deshalb bin ich froh um jedes Bellen, das ich höre.

Doch mit einem Mal wird es still.

Zu still.

Gespenstisch still.

Mir schnürt sich die Kehle zu. Die werden doch nicht …?

Einen Schuss allerdings habe ich nicht gehört. Stattdessen höre ich etwas scharren. Ganz in der Nähe!

Da scharrt jemand an dem Schrottauto, in dem ich mich verstecke.

Scheiße! Haben die mich etwa …?

Doch dann schiebt sich plötzlich eine Hundeschnauze durchs scheibenlose Fenster.

»Hey!«, flüstere ich dem Hund erleichtert zu. »Hast du mich gefunden, ja?«

Ich stelle mir gleichzeitig die Frage, ob der Hund wohl auch die Gangster auf meine Fährte gelockt hat.

Unsicher hebe ich den Kopf, recke den Hals, schaue aus dem Autowrack heraus, überblicke halbwegs meine Umgebung. Aber es ist niemand zu sehen. Die Männer sind verschwunden. Auch sonst ist niemand auf dem Schrottplatz.

Bin ich hier wirklich sicher? Oder ist das eine Falle? Aber würde der Hund hier wohl freudig mit dem Schwanz wedeln, weil er mich gefunden hat, wenn sich fremde Gestalten auf dem Schrottplatz, in seinem Revier, herumtreiben würden? Wohl eher nicht. Vermutlich haben meine Verfolger den Rückzug angetreten. Meine Flucht scheint geglückt.

Und dann kommen sie: Die dunkle Nacht wird auf einmal von zuckenden Blaulichtern aus dem Schlaf gerissen. Die Polizei ist da!

Also muss ich fort. Auch die Polizei darf mich nicht finden.

»Mach's gut, alter Junge«, verabschiede ich mich von dem Hund, klettere aus dem Wrack und sehe zu, dass ich auf der anderen Seite des Schrottplatzes herauskomme, wo ich mich an der Straßenecke mit Naomi und Charles treffen werde.

Als ich ankomme, sind die beiden schon da. Von Weitem beobachten wir, wie das Sonderkommando der Polizei das Fabrikgelände besetzt.

Wir geben uns gegenseitig fünf.

»Das haben wir gut gemacht!«, sage ich.

»Und wir haben verhindert eine gefährliche Deal mit

die Waffen«, ergänzt Charles mit einem zufriedenen Lächeln. »Es ist nicht zu sagen, wie viele Menschenleben wir haben wohl gerettet, weil diese Waffen nie kommen werden zu eine tödliche Einsatz.«

»Oh ja!«, stimmt Naomi zu. »Auch wenn es mir ein bisschen für Shiona leidtut, dass ihr Vater jetzt ins Gefängnis kommt.«

Das finde ich auch. »Ob der wirklich noch ein Zimmer für uns gebucht hat?«

Ich blicke in fragende Gesichter. Klar, ich habe denen noch gar nichts von meinem Telefonat erzählt, was ich sofort nachhole.

»Auweia!«, seufzt Naomi. Denn auch sie ist überzeugt, dass Shiona wegen des in Wahrheit gar nicht stattfindenden Treffens mit einem nicht existierenden Musikredakteur hier zum Hotel kommen wird. »Das wird doppelt bitter, wenn sie, statt einen Musikredakteur zu treffen, nur ihren Vater im Untersuchungsgefängnis besuchen kann.«

Schweigend betrachten wir, wie die Polizei das Fabrikgelände stürmt und alle, die dort sind, festnimmt. Ich habe wirklich Mitgefühl mit Shiona, denn ich bin überzeugt, dass sie nichts von den wahren Geschäften ihres Vaters weiß. Genau genommen ist es bei ihr genau andersherum als bei uns: Bei Naomi, Charles und mir wissen *unsere Eltern* nie so genau, was *wir* eigentlich wirklich tun.

Ein ganzer Mannschaftswagen der Polizei ist schon voll mit Inhaftierten. Der Bus fährt gerade ab.

»Habt ihr den Boss und Shionas Vater gesehen?«, frage ich.

Charles und Naomi schütteln die Köpfe.

»Oh, I hope, sie werden festgenommen und abgeholt in vielleicht eine besondere Konvoi. Immerhin sie sind die gefährlichen Chiefs«, sagt Charles.

Möglich, denke ich. Gleichzeitig habe ich ein mulmiges Gefühl.

Naomis Smartphone klingelt. Sie nimmt das Gespräch an, und sofort erkenne ich an ihrem Gesichtsausdruck, dass am anderen Ende Le Patron dran ist.

»Moment«, bittet sie und reicht mir das Telefon.

Verwundert nehme ich es entgegen.

»Es ist Le Patron«, flüstert sie mir zu, während sie mit ihrer Hand das Mikro des Smartphones zuhält. »Er will wissen, ob der Boss und Shionas Vater wirklich auf dem Gelände gewesen sind.«

WAS????

Zögerlich nehme ich das Gespräch entgegen. »Ja? Bitte?«

Le Patron wiederholt seine Frage: »Waren der Boss und Shionas Vater wirklich auf dem Gelände?«

»Ja, natürlich«, bestätige ich. »Ich habe sie selbst gesehen. Sie kamen mit zwei Limousinen.«

»Hier sind keine Limousinen«, versichert mir Le Patron.

»Das kann nicht sein!«, rufe ich etwas zu laut ins Mikro. »Moment.«

Mir fällt ein, dass ich die eine Limousine mit dem GPS-Sender verfolgen kann. Zügig sehe ich auf meinem Display nach – und traue meinen Augen nicht. »Das … das …«

»Was?«, fragt Le Patron.

»Die … Limousine«, antworte ich stockend, weil ich es immer noch nicht glauben kann, »befindet sich auf der A13 Richtung Paris.«

»Was?«, rufen Naomi und Charles entsetzt wie aus einem Munde. »Wie ist das möglich?«

Ehe ich darauf antworten kann, kündigt sich eine Nachricht auf meinem Handy an. Von Shiona:

> Stell dir vor, Liam:
> Ich werde morgen früh
> pünktlich im Hotel sein.
> Mein Vater holt mich mit
> einer Limousine ab.
> Yippeeeh!
> PS: Euer Zimmer im Novotel
> ist gebucht.

Ich mag es kaum aussprechen, aber wir müssen den Tatsachen ins Auge sehen: »Der Boss und Shionas Vater sind uns entkommen.«

Bedrückt beende ich das Gespräch mit Le Patron.

»And now?«, fragt Charles.

»Wir müssen an Shionas Vater dranbleiben«, sagt Naomi sofort. »Über ihn kommen wir an den Boss heran. Und nur über ihn.«

»Und wie wir stellen das an?«, hakt Charles nach.

»Na, wie schon?«, antworte ich ihm. »Wir haben einen Termin mit seiner Tochter. Morgen früh um neun Uhr.«

Naomi nickt mir zu. »Die Jagd geht von vorn los!«

Ende

Der Autor

Andreas Schlüter wurde 1958 in Hamburg geboren, machte dort auch Abitur und eine Kaufmannslehre. Er leitete mehrere Jahre Kindergruppen in sozialen Brennpunkten, gründete 1989 ein Journalistenbüro, über das er Reportagen für Zeitungen schrieb und später als Nachrichtenredakteur fürs Fernsehen arbeitete.
Mit »Level 4 – Die Stadt der Kinder« gelang Schlüter 1994 der Durchbruch als Schriftsteller. Er hat mittlerweile über hundert Kinder- und Jugendbücher geschrieben und arbeitet seit 2003 immer wieder auch als Drehbuchautor.

NOCH MEHR SPANNENDES LESEFUTTER

CHASE

Border-Collie Chipper ist auf der Flucht: Er ist aus einem geheimen Labor entkommen, in dem im Auftrag der Regierung Tiere mit künstlicher Intelligenz gezüchtet werden. Chipper versteht die Sprache der Menschen und freundet sich mit dem Waisenjungen Jeff an. Doch die Geheimorganisation, die das Labor betreibt, jagt sie erbarmungslos. Mehrmals gelingt es Jeff und Chipper, die Verfolger abzuhängen. Dabei kommen sie einer Verschwörung auf die Spur ...

Das Kinderbuchdebüt von Bestsellerautor Linwood Barclay – 100 % Action und Spannung garantiert!

ISBN 978-3-96129-029-1

ISBN 978-3-96129-067-1

jeweils
€ 12,99 (D)
€ 13,40 (A)